KJB

Foto: privat

Olivia Tuffin lebt auf einer Farm in Dorset, England. Sie reitet am allerliebsten mit einem ihrer drei Palominos aus. Genau wie Georgia hat sie früher ausgemistet und im Stall geholfen, um sich ihre Reitstunden zu verdienen. Dass sie heute eigene Pferde hat und genau die Geschichten schreiben kann, die sie selbst schon immer gern lesen wollte, macht sie zum glücklichsten Menschen der Welt.

Bei FISCHER KJB sind von ihr außerdem erschienen:
Redgrove Farm: ›Auf vier Hufen ins Glück‹
Redgrove Farm: ›Das neue Fohlen‹
Redgrove Farm: ›Die große Chance‹
Redgrove Farm: ›Der Traum vom Sieg‹
Redgrove Farm: ›Turnier der Entscheidung‹

Weitere Informationen zum Kinder- und Jugendbuchprogramm der S. Fischer Verlage finden sich auf *www.blubberfisch.de* und *www.fischerverlage.de*

Olivia Tuffin

Redgrove Farm

Für immer unzertrennlich

Aus dem Englischen
von Angelika Eisold Viebig

KJB

FSC
www.fsc.org
MIX
Papier aus verantwortungsvollen Quellen
FSC® C083411

Erschienen bei FISCHER KJB

Die englische Originalausgabe erschien 2016
unter dem Titel ›The Palomino Pony Steals the Show‹
bei Nosy Crow Ltd., London, England

Hedderichstr. 114, D-60596 Frankfurt am Main
Umschlaggestaltung: Birgit Gitschier, Augsburg
Umschlagfoto: Shutterstock
Satz: Fotosatz Amann, Memmingen
Druck und Bindung: CPI books GmbH, Leck
Printed in Germany
ISBN 978-3-7373-4089-2

Mit besonderem Dank an Michelle Misra

Für Tammy, danke,
dass du immer an
Georgia und Lily geglaubt hast!

Prolog

Das Mädchen umklammerte die Zeitschrift und spürte, wie mit jedem Wort, das sie las, ihre Eifersucht größer wurde und die Verbitterung wuchs. Schon wieder hatte das schwarze Pony mit seiner Reiterin gewonnen. Als wäre es dafür bestimmt, immer zu siegen, genau wie seine begabte Reiterin. Das Mädchen zerriss die aufgeschlagene Seite in kleine Fetzen und schmiss diese in die Luft, was ihre Ponys interessiert beobachteten. Übellaunig lief das Mädchen dann im Hof auf und ab. Sie war zwar von Luxus und Wohlstand umgeben, doch ihr fehlte immer noch dieses ganz besondere Etwas. Das schwarze Pony war für sie bestimmt gewesen. *Sie* war diejenige, die auf diesem Pony hätte berühmt werden sollen, und das konnte sie niemals vergessen.

Zornig stieß sie die Fußspitze in den Kies auf dem Weg und richtete sich dann entschlossen auf. In der nächsten Woche würde sich alles ändern. Da würde sie es allen zeigen. Mit gerunzelter Stirn tippte sie wütend eine SMS in ihr Handy, auch wenn sie wusste, dass sie keine Antwort bekommen würde. Aber nächste Woche würde dieses schwarze Pony mitsamt seiner Reiterin schon merken, dass sie es war, die sich durchsetzen würde, und ihr war ganz egal, wie sie das schaffte.

Kapitel eins

Georgia wurde langsamer, während sie sich dem Postamt näherte. »Tu ich wirklich das Richtige?«, fragte sie sich halblaut.

Sie wendete den Umschlag in den Händen und war schon drauf und dran, wieder umzudrehen. Doch das konnte sie Melanie nicht antun. Nicht, nachdem sie gesehen hatte, wie sehr Melanie sich über den Anruf gefreut hatte, in dem man ihr mitgeteilt hatte, dass Georgia für das Trainingscamp im Dressurreiten ausgewählt worden war. Georgia selbst hatte nicht einmal geahnt, dass Janey, die Leiterin des Round-Barrow-Ponyclubs, sie angemeldet hatte. Zwar hatte Georgia vielleicht ein- oder zweimal erwähnt, dass sie mit ihrem Palomino-Pony Lily gern auch noch etwas anderes versuchen würde, aber mehr auch nicht!

Als Georgia nun in der kalten Luft eines Februartages vor dem Briefkasten stand, zögerte sie also. Doch dann holte sie tief Luft und schob den ordentlich adressierten

Umschlag durch den Schlitz. Jetzt hieß es Daumen drücken. Es ging um ein neues Abenteuer für Lily und sie. Diese Gelegenheit musste sie einfach mit beiden Händen ergreifen.

Ein paar Stunden später, nachdem sie noch ein wenig Zeit mit Lily verbracht hatte, lief Georgia die Einfahrt zu Daniels Farm hoch. Daniel Coleman war Georgias bester Freund.

»Hallo, Georgia!«, rief Dan ihr zu. Er arbeitete im Sonnenschein an einer alten Landmaschine, sein blondes Haar war vom Wind zerzaust und seine Wange ölverschmiert.

Es war schwer zu glauben, dass Redgrove erst vor zwei Monaten den schlimmsten Schneesturm seit langem erlebt hatte. Damals hatte sich Georgia am Weihnachtsabend auf Lily durch diesen Schneesturm gekämpft, um Daniels Schafe vor einem Dieb zu retten. Jetzt, als die schwache Wintersonne in den Hof fiel und die ersten Schneeglöckchen und Narzissen sich in der Erde vor dem Hofladen anschickten durchzubrechen, hatte es den Anschein, als wäre der eiskalte Winter doch schon auf dem Rückzug. Es würde nicht mehr lange dauern, bis Georgia und ihre Freunde nach der Schule wieder ausreiten und die ersten Turniere besuchen konnten.

»Und, hast du die Anmeldung eingeworfen?«, fragte Dan, wischte sich das Öl mit einem alten Lappen von den Fingern und lehnte sich gegen den Zaun.

Georgia ging in die Hocke, um die neben ihren Müttern im Sonnenschein grasenden Lämmer zu begrüßen. »Hab ich«, antwortete sie mit einem Nicken und schnitt dann eine Grimasse. »Jetzt gibt es kein Zurück mehr.«

Dan lachte auf. »Super«, meinte er gutgelaunt. »Und vergiss nicht: Es ist ja nur für eine Woche. Auch wenn ich ... dich vermissen werde.«

Da musste Georgia unwillkürlich lächeln. Nicht nur der letzte Schnee lag schon weit zurück, auch die Erinnerung an die Schauspielerin Joss McCall-Jones, die versucht hatte, Daniel und Georgia auseinanderzubringen, war längst verblasst. Joss hatte in der Umgebung von Redgrove einige Filmszenen gedreht, und Lily hatte eine Gastrolle übernehmen dürfen. Joss hatte sich anscheinend in Daniel verliebt und versucht, Georgia auszustechen. Doch mittlerweile war die Schauspielerin zurück in London und hatte bereits einen neuen Freund. Erst bei der Filmpremiere irgendwann im Laufe des Jahres würden Daniel und Georgia sie wiedersehen.

Aber auch wenn zwischen ihr und Daniel im Großen und Ganzen also wieder alles in Ordnung war, war Georgia sich immer noch ein wenig unsicher, wie es nun eigentlich genau um ihre Beziehung stand. Waren sie nun einfach nur gute Freunde oder doch mehr? Daniel hatte in dem Film mit Lily und Joss eine kleine Nebenrolle bekommen, und seitdem war er an der Schule noch beliebter als zuvor. Ständig wurde er zu Partys oder anderen Unternehmungen eingeladen. Georgia, die immer völlig von ihren Ponys in Beschlag genommen wurde, vergaß man dabei oft genug – und das verunsicherte sie manchmal ein wenig.

»Ich werde dich auch vermissen«, antwortete sie schüchtern. »Was hast du denn so vor, wenn ich weg bin?«

»Ach, nichts Besonderes«, sagte Dan mit einem Schulterzucken. »Wahrscheinlich mach ich was mit ein paar Leuten aus der Schule und so.«

»Klar.« Georgia zuckte ebenfalls mit den Schultern und fühlte sich noch unsicherer. Nach all dem, was in der letzten Zeit passiert war, hätte es ihr auch gutgetan, in dieser Ferienwoche hier zu sein, doch es ging nun mal nicht anders. Daniel wusste, wie wichtig die Ponys für Georgia waren. Und es war ja auch nur für eine Woche.

Im Camp würden Lily und Georgia von den renommiertesten Trainern unterrichtet werden! Und am Ende der Woche würde ein Teilnehmer aus der Gruppe für die Jugendmannschaft des Landes ausgewählt werden, was eine weitere umfassende Ausbildung bedeutete. Trotz ihrer früheren Bedenken fing Georgia langsam an, sich auf das Trainingscamp zu freuen. Sie hoffte nur, dass sie Janeys und Melanies Erwartungen nicht enttäuschte!

»Du vergisst mich doch nicht, oder?« Emma, Georgias beste Freundin, sah sie mit einem übertriebenen Dackelblick an, als die beiden Mädchen es sich später an diesem Abend bei Emma zu Hause auf dem Sofa vor dem Fernseher bequem gemacht hatten.

»Emma!« Spielerisch stieß Georgia gegen den Arm ihrer Freundin. Und Emma grinste.

»Ach, komm schon, Georgia«, fuhr sie fort. »Ganz bestimmt wirst du es sein, die man für die Jugendmannschaft aussucht.«

»Hm«, meinte Georgia stirnrunzelnd. »Ich habe keine Ahnung. Bei Jasper hat das mit dem Sponsoring jedenfalls nicht so richtig geklappt, oder?«, sagte sie und meinte damit Janeys Assistenten im Ponyclub. Jasper war der ältere Bruder von Will Bowen und früher ein erfolgreicher, bekannter Reitsportler gewesen. Wills Pony Santa war in Redgrove untergebracht.

»Nein«, stimmte Emma ihr zu und griff an ihr vorbei, um sich noch eine Handvoll Chips zu holen. »Aber bei diesem Training ist es bestimmt anders, da läuft alles korrekt.«

Die beiden Teenager saßen eine Weile schweigend da, während Georgia sich alles durch den Kopf gehen ließ.

Ihr kleines Palomino-Pony war in der Welt des Schaureitens berühmt geworden. Viele begeisterte Artikel waren in der einschlägigen Fachpresse über dieses Pony erschienen, doch konnten sie beide Ähnliches auch im Dressurreiten erreichen? Georgia war gespannt, wie das Trainingscamp verlaufen würde. Sie zog ihre Knie hoch und schlang die Arme darum – begeistert und nervös zugleich.

»Und was hast du in den Ferien vor, Em?«, fragte Georgia schließlich.

»Ach, nichts Besonderes.« Emma kicherte. »Außer … dass ich mit Will verabredet bin.«

»Echt?« Georgia stupste ihre Freundin an. »Das ist ja toll!«

Emma grinste. »Aber ich habe keine Ahnung, was ich anziehen soll. Da musst du mir helfen!«

»Ähm … ich weiß nicht, ob ich da wirklich die Richtige bin.« Georgia grinste. »Aber ich dachte mir doch, dass es einen Grund dafür gibt, dass du in letzter Zeit so oft in Redgrove geholfen hast!«

»Erwischt!« Emma grinste ebenfalls.

Georgia freute sich für ihre Freundin und verspürte einen winzigen Anflug von Neid darauf, dass für die anderen das Leben auf Redgrove weiterging wie immer, während sie und Lily fort waren. Dann erinnerte sie sich daran, welche Gedanken sie vor ihrer Ferienarbeit auf dem Reiterhof der Smalleys beschäftigt hatten, und musste über sich selbst den Kopf schütteln. Redgrove würde bei ihrer Rückkehr schließlich unverändert sein, nur dass sie selbst ein neues Abenteuer erlebt hätte!

Kapitel zwei

Ein paar Tage später, als Georgia versuchte, ihren Koffer zu schließen, der vor lauter Reitausstattung – Kappen, Handschuhen und Reithosen – überquoll, war sie nicht mehr so zuversichtlich. »Na, komm schon«, murrte sie, während sie sich auf ihren Koffer setzte, um ihn zuzubekommen. Die Unterlagen für das Trainingscamp lagen ordentlich neben ihr auf dem Nachtschränkchen, damit sie am nächsten Morgen bei der Fahrt nach Redgrove Farm nicht vergessen wurden. Melanie selbst wollte Georgia und Lily zu dem angesehenen Reitsportzentrum in den Cotswolds fahren, einer hügeligen Landschaft im Herzen Englands.

Emma und Georgia hatten einen Abend damit verbracht, im Internet mehr über diesen Reiterhof herauszufinden. Georgia hatte es fast umgehauen, als sie die Fotos entdeckt hatte: wunderschöne gemauerte honiggelbe Stallungen auf dem Gelände eines riesigen Herrenhauses, umgeben von sattem, frisch gemähtem Rasen.

Es gab sogar eine Innenarena von olympischer Größe und eine Außenarena innerhalb eines sonnigen Gartens, an dessen Backsteinmauern sich Rosen emporrankten.

Außer für die üblichen Wettbewerbe und Veranstaltungen wurde das Rosefolly-Reitsportzentrum als Trainingsbasis für führende Reiterinnen und Reiter des Landes genutzt. Darüber hinaus diente es einigen der reichsten Kunden im Lande zum Einstellen ihrer Pferde.

Als Georgia von dem Abend bei Emma nach Hause gekommen war, hatte sie als Erstes ihre Garderobe durchforstet. Nachdenklich hatte sie die gute alte blaue Reithose herausgeholt und einen Moment lang betrachtet, um gleich am nächsten Tag den Bus zum Sattlerladen zu nehmen, wo sie sich die karierte Reithose kaufte, die sie sich schon lange gewünscht hatte.

»Alles in Ordnung, Liebes?« Bei dieser Frage ihrer Mutter blickte Georgia auf und sah, wie eben die Tür von einer schwarzweißen Schnauze aufgestoßen wurde. Ihre Spanieldame Pip sprang bereits fröhlich ins Zimmer, gleich danach trat ihre Mutter ein und setzte sich auf Georgias Bett, die Hände um eine Tasse Tee geschlungen. »Ohne dich wird es ganz still hier sein.«

»Ich weiß«, antwortete Georgia lächelnd, zog den Reißverschluss ihres Koffers zu und streichelte Pip. »Aber ich werde ja im Nu wieder zurück sein.«

Ihre Mutter nahm ein Foto von Lily in die Hand und

blickte einen Moment lang schweigend darauf. »Sie hat dir wirklich viele Türen geöffnet, nicht wahr?«, sagte sie, und der Stolz in ihrer Stimme war nicht zu überhören.

Georgia lächelte. Ihre Mutter war genauso stolz auf Lilys Erfolge in der Arena wie Georgia selbst. Georgia hatte sich oft gefragt, wie ihr Leben wohl aussähe, wäre sie nicht damals auf ihrem Schulausflug Lily begegnet. Sie war sich ziemlich sicher, dass sie immer noch auf Redgrove Farm helfen und Callie striegeln und Wilson reiten würde, während Sophie an der Uni war, aber ihre Mutter hatte natürlich recht: Mit dem Tag, an dem Lily in ihr Leben gekommen war, hatte sich eine ganz neue Welt voller Möglichkeiten eröffnet, und die Woche, die jetzt vor ihr lag, bewies das wieder einmal. Aber wie weit wollte Georgia denn eigentlich *wirklich* mit Lily gehen? Das musste sie für sich selbst herausfinden.

Redgrove hatte nie einladender auf Georgia gewirkt als in dem Moment, als Georgias Mutter früh am nächsten Morgen in die Einfahrt einbog. Eine Rauchfahne stieg aus dem Schornstein. Melanie muss den Kamin angemacht haben, dachte Georgia und stellte sich vor, wie die beiden Terrier zusammengerollt davorlagen und Simon, Melanies Mann, am Herd Spiegeleier briet. Sie hatte jetzt schon Heimweh, wenn sie an Pip dachte, die sie zusammengerollt in ihrem Körbchen zurückgelassen hatte. Aber zumindest würde Georgia während dieser Woche mit Lily zusammen sein!

In den Ställen brannte Licht und warf einen warmen Schein über das Kopfsteinpflaster. Will, der einen dicken blauweißgestreiften Schal umgebunden hatte, winkte Georgia fröhlich zu, als sie aus dem Auto stieg. Er machte sich daran, eine Schubkarre in den Stall zu schieben, wo sein Pony Santa gerade genüsslich ein Maulvoll Heu kaute. Alle vier Ponys wirkten ruhig und zufrieden und streckten ihre Köpfe über die Türen ihrer Boxen.

Als Georgia ihren Koffer aus dem Auto holte und ihn vor dem Stall abstellte, wurde sie von Lily mit einem Wiehern begrüßt. Lilys Turnierkiste war bereits gepackt. Darin befanden sich ihr Sattel und Zaumzeug, das Putzzeug und Georgias Stiefel, außerdem noch eine kleine Kiste mit Extras, die Melanie zusammengestellt hatte – Dinge wie ein Erste-Hilfe-Set und Ersatzzügel. Sie waren abfahrbereit. Georgia atmete noch einmal tief durch und umarmte ihre Mutter zum Abschied, da kam Melanie aus dem Haus.

»Bist du fertig, Georgia?«, fragte Melanie lächelnd.

»Ja, fix und fertig«, antwortete sie augenzwinkernd und drückte ihre Mutter noch einmal, bevor sie sich aus der Umarmung löste.

Will trat mit Santas Halfter in der Hand zu ihr. »Kennst

du eigentlich jemanden von den anderen Teilnehmern?«, fragte er interessiert.

Georgia schüttelte den Kopf und griff in ihren Rucksack, um das Informationsblatt zum Trainingscamp herauszuholen. »Nein«, erwiderte sie und reichte ihm das Papier. »Du?«

Will überflog die Teilnehmerliste. »Ich glaube nicht«, sagte er und schüttelte den Kopf. »Na ja, manche der Namen sagen mir zwar etwas, aber weißt du, es ist eine völlig andere Welt im Vergleich zu unseren Turnieren. Es müssen alles Dressurreiter sein.«

Georgia hörte, wie ihr Name gerufen wurde, und als sie aufblickte, sah sie, dass Melanie bereits die Laderampe nach unten klappte. Das bedeutete, Georgia musste nun dringend Lily für die Fahrt nach Rosefolly fertig machen und ihre Sachen in den Wagen laden.

Will drehte sich um, denn auch auf ihn warteten seine morgendlichen Aufgaben. »Viel Glück, Georgia«, rief er ihr aufmunternd zu. »Schick mir einfach eine Nachricht, wenn irgendwas ist.«

Dann waren alle Gedanken an irgendwelche anderen Reiter im Camp vergessen. Georgias Herz machte einen Satz beim Anblick von Daniel, der eilig und leicht außer Atem in den Hof gerannt kam, die Wangen vom Sprint gerötet. Angesichts der Schlammspritzer an den Hosenbeinen seiner Jeans sah es so aus, als sei er den ganzen

Weg von seiner Farm bis zum Reiterhof gerannt. Georgia führte Lily aus dem Stall; sie trug bereits ihre Reisegamaschen und sah einfach toll aus. Daniel streckte die Hand aus und tätschelte Lilys goldfarbenen Hals. »Viel Glück, großes Mädchen«, sagte er mit einem Grinsen, dann umarmte er schüchtern Georgia. »Und dir auch viel Glück, Georgia«, flüsterte er leicht verlegen in ihr Haar.

»Danke«, stieß Georgia hervor und wurde rot, als sie bemerkte, dass Will ihr hinter Daniels Rücken das Daumen-hoch-Zeichen gab.

»Du kannst dich immer melden«, sagte Daniel, wie vorher auch schon Will. »Wenn dir alles zu viel wird, schreib mir, und ich komme und rette dich!«

»Ach ja? Auf deinem Traktor?« Georgia lachte verlegen, und Daniel zwinkerte ihr zu.

Dann war es Zeit für Georgia, Lily zu verladen. Als sie die kleine Stute zum Transporter führte, hörte sie, wie Daniel sich mit Will für später zu einem Fußballspiel auf der unteren Wiese verabredete. Als sie sich zu Wilson, Callie und Santa im Stall umblickte und zu den Terriern, die einander über das Kopfsteinpflaster des Hofes jagten, holte Georgia tief Luft. Schweigend führte sie Lily dann die Rampe des Pferdetransporters hoch. Natürlich war ihr bewusst, dass sie nur eine einzige Woche fort sein würde. Warum bloß fühlte es sich dann wie das Ende eines ganzen Zeitalters an?

Während der Fahrt nach Rosefolly plauderten Melanie und Georgia über alles Mögliche. Nach einem Halt an einer Autobahnraststätte, bei dem sie sich vergewisserten, dass es Lily gutging, und Melanie sich einen Kaffee geholt hatte, dachte Georgia wieder über die anderen Teilnehmer dieser Trainingswoche nach. Sie wühlte in ihrer Tasche und holte die Informationsblätter heraus. »Kennst du irgendeinen der anderen Teilnehmer?«, fragte sie Melanie, sobald sie wieder auf der Autobahn unterwegs waren.

Mel runzelte die Stirn. »Ich bin mir nicht sicher«, antwortete sie. »Lies mir mal die Namen vor, dann sehen wir ja, ob mir jemand bekannt vorkommt.«

»Okay«, sagte Georgia und las die Namen auf der Liste nacheinander vor. »Sebastian Woodley, Jodie Harrison, Ellie Baker, Serena Van der Hawk ...«

»Wie war das eben?«, Melanie sah nachdenklich aus.

»Serena Van der Hawk«, wiederholte Georgia langsam. »Das klingt ziemlich vornehm.«

Melanie runzelte die Stirn. »Serena ... Serena ...«, murmelte sie und schnippte schließlich mit den Fingern, als es ihr einfiel. »Jetzt weiß ich es!«, rief sie triumphierend. »Van der Hawk, die Tochter von Michael.«

Georgia sah sie verständnislos an, und Mel kicherte. »Entschuldige, Georgia, das war wahrscheinlich noch vor deiner Zeit«, sagte sie freundlich. »Michael Van der

Hawk gehörte vor vielen Jahren zu den Spitzenreitern. Um genau zu sein, warst du damals noch nicht einmal geboren. Ich vermute, Serena ist etwa in deinem Alter. Sie wird gewiss einige schöne Ponys haben; die ganze Familie war sehr pferdebegeistert, auch wenn Michael manchmal mit zwielichtigen Geschäften in Verbindung gebracht wurde, wenn ich mich recht erinnere. Ich frage mich, ob Serena den Erfolg ihres Vaters wiederholen kann – soweit ich weiß, nahm er an einer Vielzahl von Meisterschaften teil. Sehr talentiert.«

Georgia nickte, auch wenn ihr der Name des Vaters nichts sagte. Aber wie aufregend, die Tochter eines berühmten Reitsportlers kennenzulernen! Georgia fand es immer toll, Neues über Pferde zu lernen, und vielleicht würde Serena sogar eine neue Freundin.

Sie blickte aus dem Fenster auf den Raureif über den Hecken und bekam vor Aufregung eine richtige Gänsehaut, während der Transporter sich Rosefolly näherte. Was gab es Schöneres als eine Woche voller Ponys und sonst nichts!

Kapitel drei

Georgia betrachtete staunend die Umgebung, während der große grüne Pferdetransporter auf das Reitsportzentrum zufuhr. Die private Zufahrt schien sich meilenweit durch eine riesige Parklandschaft zu schlängeln, ein See schimmerte durch die kahlen Bäume.

»Sieh dir das an«, meinte Melanie deutlich amüsiert, als ein Pfau ungerührt vor ihnen herstolzierte. »So etwas findest du auf Redgrove nicht!«

»Redgrove ist trotzdem besser«, erklärte Georgia aus tiefstem Herzen. »Mit oder ohne Pfauen!«

»Nun, es ist mein Zuhause, und ich liebe es.« Melanie lächelte und sah sich um. Dann fuhr sie fort: »Weißt du, Lily könnte eine aussichtsreiche Zukunft haben, wenn du es möchtest.« Sie blickte auf das riesige Gehöft. »Ich trainiere dich wirklich gern und fahre mit dir zu den Turnieren ... aber vielleicht könntest du mit echten Fachleuten letztlich noch weiter kommen.«

Georgia sah Melanie überrascht an. Es war das erste

Mal, dass sie so etwas sagte. Sie wusste, Melanie liebte das kleine Palomino genauso sehr wie sie selbst, und deshalb respektierte Georgia sie auch so und nahm sich sie zum Vorbild. Ihr Gesicht musste ihre Gedanken widergespiegelt haben, denn Melanie lächelte versonnen. »Ich glaube nicht, dass eine von uns damals in Wales gedacht hätte, dass wir eine zukünftige Siegerin des Londoner Olympia-Turniers retten, oder?«, meinte sie lachend. »Ich wollte nur sagen, dass ich dich so weit gebracht habe, wie es meinen Möglichkeiten entspricht, was aber nicht heißt, dass du nicht auch mehr erreichen könntest, wenn du wolltest. Dies ist nun deine Chance, noch weiter zu kommen, Georgia. Nutze diese Gelegenheit und gib dein Bestes. Lily ist zu gut, als dass sie sich nicht noch weiterentwickeln könnte.«

Die beiden saßen einen Moment schweigend da, in dem Georgia über Melanies Worte nachdachte. Dann lächelte Melanie sie an, löste den Sicherheitsgurt und tätschelte Georgias Schulter. »Na komm!«, sagte sie fröhlich und stieg aus dem Wagen. »Bringen wir Lily in den Stall.«

Lily war inzwischen daran gewöhnt, sich außerhalb von Redgrove aufzuhalten, und verhielt sich überall entspannt – solange Georgia bei ihr war. Bald bediente sie sich zufrieden in ihrer Box innerhalb eines riesigen Stalls aus einem Heunetz. Georgia und Melanie gingen los, um sich umzusehen. Der ganze Hof war sehr gepflegt, und die eingestellten Pferde sahen glücklich und zufrieden aus. Anscheinend war für alles gesorgt. Ein junger Pferdepfleger hatte Melanie und Georgia gezeigt, wohin sie gehen sollten. Die anderen Teilnehmer würde Georgia später kennenlernen, in einem Raum in der Scheune auf der anderen Seite des Hofes, der sowohl als Tagungsraum als auch als Speisesaal diente. Georgias Koffer befand sich bereits in ihrem Zimmer; die Mädchen schliefen in den ausgebauten Dachräumen über dem Stall. Georgia hatte ewig gebraucht, bis sie die Treppe zu ihrem Wohnquartier hinaufgelaufen war, fasziniert von den endlosen Pferdefotos, die sämtliche Wände schmückten, und all den Dingen, die zu einem alten Reitsportzentrum wie Rosefolly gehörten. Jetzt legte sie ihre Arme um Lily und bekam sofort wieder etwas mehr Selbstvertrauen. Schließlich gehörte sie zu einer handverlesenen Auswahl von Reitern, die an diesem Trainingscamp teilnehmen durften.

»Zeit, mich zu verabschieden«, verkündete Melanie und strich liebevoll über die Blesse, den weißen Streifen, der über Lilys goldfarbenem Gesicht verlief. Die kleine Stute schloss genussvoll die Augen. Dann drehte Melanie sich zu Georgia und klopfte herzlich auf ihre Schulter. »Viel Erfolg, Georgia«, sagte sie. »Ich bin so stolz auf euch beide.«

Nachdem Melanie Georgia mit Lily allein gelassen hatte, schob Georgia nachdenklich den Ärmel zurück, um auf ihre Uhr zu blicken. Es war erst zwei, und sie würde die anderen Teilnehmer erst um drei in der Scheune kennenlernen. Gerade genug Zeit, um Lily noch einmal zu striegeln.

Sie nahm die Bürste und bearbeitete damit Lilys goldfarbenes Fell, das bereits einen Hauch des scheckigeren Sommerfells unter dem Winterfell zeigte. Dabei plauderte Georgia vergnügt mit ihrem Pony, das mit den Ohren zuckte, als hörte es ihr zu. Georgia war so vertieft in ihre Aufgabe, dass sie beinahe das leise »Hallo«, das von der Tür her kam, nicht gehört hätte. Sie drehte sich um und zuckte unwillkürlich zusammen, als sie ein etwa gleichaltriges Mädchen bemerkte, das direkt vor ihrer Box stand, ein Lederhalfter in der Hand.

»Hallo!«, grüßte Georgia freundlich.

Das Mädchen lächelte sie schüchtern an. »Ich bin Jodie«, stellte sie sich vor und hob die Hand zum Ansatz eines Winkens. »Und das muss Lily sein, ich habe schon viel über sie gelesen.«

»Stimmt!« Georgia lächelte Jodie an und tätschelte Lily. Es erstaunte sie immer noch, wie viele Leute die kleine Stute erkannten, aber nach ihrem Sieg in der *Olympia Grand Hall* in London war natürlich in all den einschlägigen Zeitschriften über sie berichtet worden.

Mit ihrem goldfarbenen Fell war sie auch besonders auffällig.

»Ich bin gleich neben dir«, fuhr Jodie fort und deutete auf die Box neben Lily, wo der Kopf eines schwarzen Ponys auftauchte, das Maul voller Heu und mit ausdrucksstarken Augen. Jodie lächelte und streckte die Hand aus, um über das weiche Maul des Ponys zu streichen. Das schwarze Pony war so klein wie Lily, die ein Stoßmaß von knapp unter einem Meter dreißig hatte, aber es war zierlicher und ein Wallach. Es stammte nicht von einer britischen Rasse, dessen war Georgia sich sicher, aber es sah aus wie ein Turnierpony oder ein Vollblut in Miniaturform.

»Wow!«, stieß Georgia aus, die schöne Ponys immer bewunderte und vermutete, Jodies Familie müsse sehr pferdenärrisch und wohlhabend sein, um ein so wunderbares Pony zu besitzen. »Er ist echt toll!«

Jodie sah stolz aus und lächelte. »Danke! Er heißt Jackson, und ich liebe ihn total und bin so stolz auf ihn. Hey, hast du Lust, mit mir zusammen zur Vorstellungsrunde in der Scheune zu gehen?«

»Gern!«, antwortete Georgia erfreut. Jodie schien sehr nett zu sein, und es wäre schön, nicht allein hingehen zu müssen. Nachdem sie Lily wieder ihre Pferdedecke übergelegt hatte und Jodie sich vergewissert hatte, dass Jackson mit ausreichend Heu versorgt war, gingen die beiden Mädchen zusammen hinüber zur Scheune, wo andere bereits eingetroffen waren.

Ein großer, dünner Mann in einer Blousonjacke und eleganten Chaps – Beinschützern –, unterhielt sich leise mit einer hübschen jungen Frau, die ebenfalls edle Reitkleidung trug. Beide nickten Georgia und Jodie zu und winkten sie herein. »Wir sind in ein paar Minuten bei euch«, sagte der Mann mit einem kurzen Blick in ihre Richtung.

Das allgemeine lebhafte Geplauder wurde kurzzeitig leiser, als die Mädchen sich auf ein weiches Sofa setzten, auf dem eine elegante Pferdedecke ausgebreitet war. Ihnen gegenüber saßen zwei andere junge Reiter. Ein Mädchen mit knallrotem Haar winkte kurz, und der Junge neben ihr schlug seine langen Beine übereinander und lächelte matt, während er die Hand ausstreckte. Georgia schüttelte sie schüchtern.

»Ich bin Sebastian Woodley«, stellte sich der Junge mit makelloser Aussprache vor. »Und das hier ist Ellie«, sagte er und deutete auf das rothaarige Mädchen, worauf Georgia und Jodie sich ebenfalls vorstellten. Sebastian schaute Georgia aufmerksam an. »Du bist also Georgia«, sagte er, »mit dem Pony vom Schaureiten.«

Georgia nickte und wollte gerade antworten, als ein Mädchen mit langen dunklen Haaren, einer Sonnenbrille und einer schicken schwarzen Reitjacke hereinwirbelte und sich neben Sebastian setzte. Georgia hörte, wie Jodie scharf die Luft einsog. »Serena!«

»Hallo, Jodie«, antwortete das Mädchen mit höhnischem Unterton. Die Worte schienen freundlich, doch Serenas Stimme klang eisig. Georgia war sofort klar, dass die beiden sich kannten. Man konnte die Spannung zwischen ihnen förmlich mit Händen greifen.

Jodie schien fast auf ihrem Platz zurückzuweichen und flüsterte gerade noch eine Antwort. Sebastian fuhr mit seiner Vorstellung fort. »Serena, das hier ist Georgia«, sagte er mit einer ausladenden Geste in Georgias Richtung. »Das Mädchen vom Schaureiten.«

Serena warf ihre dunkle Mähne über die Schultern. Sie war so gepflegt und glänzend wie die der Dressurpferde in den luxuriösen Boxen auf Rosefolly. »Ach ja«, sagte sie kühl. »Ich habe gehört, dass du zu uns kommst.« Sie spreizte ihre langen eleganten Finger und musterte die manikürten Nägel. »Ich möchte ja nichts sagen, aber dein Schaureiten ist schon etwas anderes als Dressurreiten, oder? Ich meine, reitet ihr nicht einfach nur im Kreis?«

Von ihrer Unverschämtheit völlig überrumpelt, sah Georgia sie entgeistert an.

Sebastian grinste. »Also komm, Serena«, meinte er fröhlich. »Georgia hat an Weihnachten das Olympia-Turnier in London gewonnen; das ist schon was Besonderes.«

»Ja, ich weiß«, zischte Serena. »Ich lese nämlich jede Woche die einschlägigen Zeitschriften.« Sie zog ihre Sonnenbrille ab und musterte Georgia mit eisigem Blick. »Das Training auf Rosefolly ist ziemlich exklusiv«, fuhr sie fort. »Ich bin gespannt, wie dein *Waliser Pony* mithalten kann.« Sie betonte die Worte »Waliser Pony«, als ob sie allein damit schon alles gesagt hätte.

Georgia war zu verblüfft, um darauf eine Antwort zu geben. Sie hatte noch nie jemand getroffen, der so unverfroren war wie Serena. Außerdem war sie überrascht, dass es immer noch Leute gab, die Vorurteile gegen heimische Rassen hatten, wenn doch heimische Ponys gleichzeitig im ganzen Land in sämtlichen Disziplinen Preise holten.

Mit einem letzten bösen Blick zu Georgia richtete Serena ihre Aufmerksamkeit nun auf Sebastian. Als die beiden drauflosplauderten, wurde deutlich, dass sie einander von anderen Reitveranstaltungen kannten. Es klang nach einer exklusiven Welt weit weg von Redgrove.

Serena erzählte ausführlich von ihrer kürzlichen Reise nach Deutschland zum Kauf eines Ponys, und Sebastian berichtete von den neuesten Nachrichten aus der Reiterszene, die er von seinen Trainern gehört hatte. Sie machten einen unglaublich mondänen und selbstbewussten Eindruck, obwohl sie ungefähr im gleichen

Alter waren wie Georgia. Da musste Georgia sofort an Redgrove denken und verspürte starkes Heimweh. Erneut erinnerte sie sich selbst daran, dass es sich nur um eine einzige Woche handelte, und nahm sich vor, Serena aus dem Weg zu gehen. Wenigstens Sebastian schien in Ordnung zu sein, auch wenn Serena ihn völlig in Beschlag nahm.

Der dünne Mann in der Blousonjacke vorne im Raum klatschte in die Hände, und schnell verstummte jegliches Geplauder. »Willkommen, alle zusammen«, sagte er mit schroffer Stimme, seine durchdringenden Augen bohrten sich in jeden einzelnen Anwesenden. Selbst Serena verstummte und hörte schweigend zu. »Manche von euch ... wie Sebastian und Serena ... kennen mich vielleicht von ihrem letzten Training hier auf Rosefolly, aber für diejenigen, die mich nicht kennen: Ich bin Henry Winters, der Ausbildungsleiter. Das hier ist Daisy. Sie ist neu auf Rosefolly und wird mir diese Woche helfen.«

Die junge Frau neben ihm lächelte herzlich – ein scharfer Kontrast zu Henrys kühlem Gesichtsausdruck.

»Das Wichtigste zuerst«, fuhr Henry fort. »Die Regeln. Wir haben sehr hohe Standards hier auf Rosefolly, und jeder Bruch der Regeln könnte dazu führen, dass ihr das Training verlassen müsst. Also lest bitte eure Merkblätter!«

Georgia blickte auf das Papier, das sie bei ihrer Ankunft erhalten hatte, und überflog rasch die Punkte auf der Liste. Größtenteils handelte es sich um die üblichen Regeln auf einem Pferdehof: Die Boxen sollten vor acht Uhr morgens ausgemistet werden, die Reitkappen den aktuellen Sicherheitsstandards entsprechen und so weiter. Georgia entdeckte aber auch eine Anweisung, dass niemand sich nach neun Uhr abends mehr im Hof aufhalten sollte, und das machte sie traurig. Lily war nun so nahe bei ihr, und doch durfte sie sich nicht einmal zu ihr hinunterstehlen, um ihr einen Gutenachtkuss zu geben. Dennoch, als sie wieder in Henrys strenges Gesicht sah, beschloss sie, keinesfalls die Regeln zu brechen und seinen Ärger auf sich zu ziehen!

Nachdem sie sich den Wochenplan angesehen hatte, wusste sie auch, dass die Reitschüler den Nachmittag zur freien Verfügung hatten. Die ganze Gruppe strömte aufgeregt plaudernd hinaus in den sonnigen Innenhof. Georgia bemerkte, dass Serena zurückblieb und gleich darauf in eine Unterhaltung mit Henry vertieft war. Hatte sie sich das nun eingebildet? Sie hätte schwören können, die beiden hätten dabei zu ihr geblickt. Mit einem Schulterzucken beeilte Georgia sich, Jodie einzuholen, die zurück zum Stall ging, um den Rest von Jacksons Kiste auszupacken.

»Was war das denn?«, fragte Georgia, als sie sicher

war, dass sie außer Hörweite waren. »Mit Serena, meine ich. Sie war ja echt gemein zu dir. Und mich hat sie auch heruntergemacht.«

Jodie sah sich mit ausdruckslosem Gesicht um. »Oh«, murmelte sie. »Ich würde ihr an deiner Stelle am besten aus dem Weg gehen. Ich tu das jedenfalls.« Georgia sah sie überrascht an. »Serenas Familie und meine … na ja, wir kennen uns schon ziemlich lange«, erklärte Jodie.

Und damit drehte sie sich schnell zu Jackson um und vergrub ihr Gesicht an seinem Hals.

Kapitel vier

»Also, erzähl mir alles!«

Nach einem langen Tag war es eine Erleichterung für Georgia, mit Daniel plaudern zu können. Sie lehnte sich beim Telefonat gegen die Tür von Lilys Box und sah dem Pony bei der Mahlzeit zu. Georgia hatte es geschafft, mit Lily ein Stück zu gehen, um sich selbst die Beine zu vertreten und das Palomino grasen zu lassen. Lily hatte sich in der luxuriösen Umgebung anscheinend gut eingewöhnt.

Georgia überlegte kurz. »Es ist ganz okay«, sagte sie dann. »In der Box neben mir steht das Pony von einem sehr netten Mädchen, aber die anderen, na ja, die sind ein bisschen … Ach, ich weiß nicht. Ist auch egal.«

»Eben. Und wir sind alle echt stolz auf dich«, meinte Daniel und fragte nicht weiter nach.

»Also, was hast du denn heute so gemacht?«, fragte Georgia, sobald sie Dan alles über Rosefolly erzählt hatte.

»Ach, nur mit Will Fußball gespielt«, antwortete Daniel. »Und nachher helfe ich meinem Vater noch mit den Kühen.«

»Hört sich gut an«, meinte Georgia. Sie vermisste die Normalität von Redgrove, besonders nach dem unangenehmen Zusammentreffen mit Serena. Aber vielleicht hatten sie einander ja auch nur auf dem falschen Fuß erwischt. Sobald Lily erst in der Arena war, konnte Georgia zeigen, wie gut sie harmonierten und dass Serena sich täuschte. Sie verabschiedete sich von Daniel, steckte ihr Handy zurück in die Tasche und fühlte sich schon wieder viel besser.

Zu Georgias Enttäuschung war Serena am nächsten Morgen genauso unfreundlich. Als die fünf jungen Reiter sich an den Frühstückstisch setzten, beachtete sie Georgia, Jodie oder Ellie kaum, sondern gab nur Sebastian einen Kuss auf beide Wangen und begrüßte ihn überschwänglich.

Sebastian grinste, als er sich Jodie und Georgia gegenübersetzte, und schaufelte zufrieden seine Eier mit Speck in sich hinein. Dann sah er Jodie noch einmal genauer an. »Hey«, sagte er und musterte sie aus zusammengekniffenen Augen. »Ich kenne dich doch von irgendwoher, oder? Aber nicht von einem Wettbewerb.«

Jodie wurde rot. »Wahrscheinlich«, stieß sie hervor.

Serena beugte sich vor und antwortete an ihrer Stelle.

»Jodies Mutter war früher unsere Pferdepflegerin«, erklärte sie schnippisch. »Also hast du Jodie wahrscheinlich in diesem Zusammenhang gesehen. Ihre Mutter arbeitet jetzt für Rosefolly.«

Georgia sah Jodie überrascht an. Also *so* sah die Verbindung zwischen den Familien aus. Georgia hatte einfach angenommen, dass jemand mit einem so wertvollen Pony auch aus einer wohlhabenden Reiterfamilie kam, ähnlich wie Serena.

»Also, wie geht es Jackson?«, fuhr Serena kühl fort.

»Gut«, murmelte Jodie und blickte auf ihr noch unberührtes Frühstück.

»Ich kann gar nicht glauben, dass er es zu diesem Training geschafft hat.« Serena lachte unfreundlich auf. »Ein furchtbares Pony. Völlig ohne Talent und ganz unmöglich zu reiten.« Selbst Sebastian wirkte verlegen, als Serena Jodie heruntermachte und böse ansah. »Ich meine, wer möchte denn schon ein solches Pony reiten?«

Georgia konnte einfach nicht noch länger zuhören und mischte sich ein. »Was *ist* denn bloß dein Problem?«, fragte sie aufgebracht. Serena war offensichtlich gemein und überheblich, und die arme Jodie war ihr Ziel.

»Mein Problem?«, erwiderte Serena mit einem Lachen und packte ihre Sachen. »Frag sie doch mal, was *ihr* Problem ist. Und misch dich lieber nicht ein«, zischte sie und warf Georgia einen drohenden Blick zu. »Komm schon, Seb. Ich will in den Stall.«

Damit gingen die beiden Teenager davon, vorher warf Sebastian jedoch Jodie noch ein mitfühlendes Lächeln zu.

Sobald sie fort waren, drehte Georgia sich zu Jodie um, die ihr Frühstück unberührt stehen gelassen hatte. »Ist das zu fassen?«, rief Georgia. »Sie ist ja so was von fies! Warum ist sie denn so gemein wegen deines Ponys?«

Jodie sprang auf, der Stuhl schabte mit einem schrillen Quietschen über den Boden. »Du brauchst dich nicht für mich zu streiten«, murrte sie mit gesenkten Augen. »Vergiss es einfach!«

Und damit lief sie los in Richtung der Stallungen. Verlegen folgte Georgia ihr. Sie zäumte Lily schweigend auf, und Jodie tat in der anliegenden Box das Gleiche. Wie gern hätte Georgia mit ihrer neuen Freundin geplaudert, doch Jodie vermied jeglichen Blickkontakt. Eine freundlich aussehende Frau, die eine Schubkarre schob, blieb neben Jacksons Box stehen und sprach leise mit Jodie. Georgia konnte nicht hören, was sie sagte, aber aus der Art, wie die Frau Jodie das Haar hinter die Ohren strich und ihre Schulter tätschelte, erriet Georgia, dass es wohl Jodies Mutter sein musste. Sie war groß und sah nett aus. Gekleidet war sie in verblichene Jeans und einen Anorak, was Georgia ein wenig an Melanie erinnerte. Jodies Mutter drehte sich lächelnd zu Georgia und ihrem Pony um.

»Das muss dann wohl Lily sein«, sagte sie mit der gleichen sanften Stimme wie Jodies. »Wir haben uns alle schon sehr darauf gefreut, die Siegerin aus der Olympia Hall hier auf Rosefolly zu haben. Es ist ein Jammer, dass die Eigentümer des Hofs momentan nicht hier sind ... sie hätten sie bestimmt gern kennengelernt. Wie ich höre, hat sie bei ihren Auftritten ziemliches Aufsehen erregt.«

Georgia errötete erfreut. Jodies Mutter schien wirklich nett zu sein, und es war schön, mit jemand reden zu können, der so freundlich und interessiert war. Doch noch bevor sie antworten konnte, sah sie Henry Winters über den Hof auf sie zukommen.

»Amanda«, rief er herrisch, sobald er sich Jodies Mutter näherte.

Lily, die daran gewöhnt war, dass in Redgrove niemals jemand herumschrie, warf erschrocken den Kopf nach hinten, und Georgia legte beruhigend ihre Arme um sie.

Henry sah verärgert aus. »Ich sagte Ihnen doch, dass Lady Harris heute ihr Pferd besucht, und es ist verdreckt und völlig mit Einstreu bedeckt. Das geht einfach nicht.«

Amanda, Jodies Mutter, drehte sich zu Henry. »Das tut mir leid. Es wurde heute Morgen erst warm gebadet, aber es muss sich inzwischen wieder in seiner Box gewälzt haben.«

»Tja, dann bringen Sie das in Ordnung«, entgegnete Henry kühl. »Sofort.«

Ohne ein weiteres Wort ging Amanda los, um sich um das Pferd zu kümmern. Henry machte auf dem Absatz kehrt und ging zur Außenarena, wobei er die beiden Mädchen völlig ignorierte. Georgia fand, dass er sich total unmöglich verhielt, und drehte sich zu Jodie, die sich gegen Jacksons schimmernden schwarzen Hals lehnte und ziemlich aufgewühlt aussah.

»Alles in Ordnung mit dir?«, flüsterte Georgia und vergaß völlig Jodies vorherige Ablehnung.

Jodie nickte deprimiert. »Ja«, sagte sie. »Henry hat es nur mal wieder auf Mum abgesehen, wie so oft. Sie ist hier die leitende Pferdepflegerin, und er ist immer total streng mit ihr.«

Georgia sah sie überrascht an. Sie war erst seit einem Tag auf Rosefolly, aber sie hatte bereits festgestellt, dass die Pferdepflegerin einen erstklassigen Job machte – der Hof war makellos, und glückliche, gesunde Pferde standen in den sauberen und luftigen Boxen im Stall. Es war ja wohl nur Einstreu gewesen – das hatten alle Pferde im Fell hängen, sobald sie sich hinlegten. »Was hat er denn gegen sie?«, fragte Georgia neugierig.

»Ach, es ist wohl nur die übliche Konkurrenz unter

Mitarbeitern«, murmelte Jodie, drehte sich zu Jackson um und richtete sein Zaumzeug. »Die Eigentümer von Rosefolly, Martha und James, sind wirklich nett, und sie sind von Mum total begeistert. Aber sie sind im Moment in Australien auf Familienbesuch, und Henry hat die Aufsicht über alles. Aus irgendeinem Grund hat er es auf Mum abgesehen.« Sie senkte die Stimme und blickte sich um, damit auch wirklich niemand mithörte. »Wenn du mich fragst«, flüsterte sie, »steigt ihm das Gefühl, die Macht zu haben, zu Kopf.« Dann tätschelte sie Jackson und öffnete die Tür. »Komm jetzt lieber. Henry hasst es, wenn jemand zu spät kommt. Wir wollen uns ja nicht am ersten Tag schon eine Verwarnung abholen.«

Kapitel fünf

Als Georgia zum Aufwärmen in der riesigen, von einer Mauer umgebenen Arena war, meinte sie fast, sie müsste sich in den Arm zwicken. All die Reiter, die sie bewunderte, hatten zu irgendeinem Zeitpunkt ihres Lebens einmal hier trainiert, und nun war sie selbst hier und ritt auf ihrem kleinen Palomino. Lily ging es bestens, und sie streckte ihren Hals vorbildlich nach vorn, als Georgia sie abwechselnd entspannt und dann wieder auf der Hinterhand die vorgesehenen Bahnfiguren gehen ließ, und fand schnell ihren Rhythmus. Das gab Georgia die Gelegenheit, die anderen Reiter einzuschätzen, während Henry Winters am Zaun gelehnt dastand und mit der so viel netteren Daisy sprach.

Sebastians Pony war wirklich wunderschön: braunes, glänzendes Fell, unter dem man das Muskelspiel sehen konnte, und eine Größe von etwa einem Meter vierzig Stockmaß. Weiße Manschetten an allen vier Beinen verliehen ihm eine Aura von Professionalität. Serena trainierte am anderen Ende der Arena. Wie Sebastians Brauner sah auch Serenas Pony nach einem Warmblut in Miniatur aus. Er war von einem satten Kastanienbraun, hatte vier weiße Fesseln und dazu eine Blesse im schmalen Gesicht. Während Georgia ihr zusah, vollführte das Pony ein einwandfreies Schulterherein, während Serena sich im Sattel nicht rührte. Ellies Pony war eine hübsche graue Stute.

Wie Jackson waren auch die anderen vier Ponys hochgezüchtet, und Georgia musste feststellen, dass Lily das einzige Pony von einheimischer Abstammung war. Sie war außerdem die Einzige, die keine weißen Manschetten oder ein funkelndes Stirnband trug. Selbst Jodie hatte schneeweiße Manschetten um Jacksons schlanke Beine gelegt, und die Kristallverzierungen an seinem Zaumzeug schimmerten und glitzerten in der Wintersonne. Lily trug ihren Turniersattel mit der schlichten braunen Satteldecke darunter, und ihr Zaumzeug war einfaches tiefdunkelbraunes Leder. Georgia war froh, dass sie wenigstens ihre neue karierte Reithose trug, aber dennoch fühlte sie sich ausgesprochen schlicht neben den anderen vier Reitschülern. Will hatte recht gehabt – Dressurreiten war definitiv etwas anderes als Schaureiten!

Georgia beobachtete die anderen Schüler genau. Zu ihrer Überraschung wirkte Serena im Sattel gar nicht so elegant, wie es anfänglich den Anschein gehabt hatte. Natürlich nahm sie die richtige Reithaltung ein, und ihr Pony wurde bestens präsentiert, dennoch stimmte an dem ganzen Bild etwas nicht. Wenn Georgia so darüber nachdachte, erinnerte es sie an Jemma, Lilys frühere Reiterin. Auch sie war technisch perfekt, aber ohne jegliches Mitgefühl gewesen. Georgia betrachtete nun Sebastian. Er war ein sehr guter Reiter, seine langen Beine hingen still und unbeweglich, während sein Pony einen perfekten Zwanzig-Meter-Zirkel trabte.

Genauso gut ritt auch Ellie, das rothaarige Mädchen, das Georgia gestern Abend kennengelernt hatte. Georgia freute sich darauf, so viel wie möglich von ihren Mitschülern zu lernen. Und dann war da noch Jodie. Georgia hatte bereits öfter Gelegenheit gehabt, sehr gute Reiter und Reiterinnen zu beobachten – doch Jodie befand sich in einer vollkommen anderen Liga. Mit großem Vergnügen betrachtete Georgia ihre federleichten Hände und wie sie nur ganz unmerkliche Hilfen geben musste, um Jackson dazu zu ermutigen, förmlich durch die Arena zu tanzen. Mit Jodies langem Pferdeschwanz, der im gleichen Rhythmus wie der Schweif des glänzenden Ponys schwang, war dieses Paar bezaubernd.

Georgia sah, wie Daisy begeistert lächelte, während sie sich über die Absperrung beugte, um Jackson genau zu beobachten. Henrys Gesicht jedoch war so abweisend wie immer, und er sprach nur mit Serena, als sie an ihm vorbeitrabte.

Die Gruppe versammelte sich in der Mitte der Arena, sobald sich alle ausreichend aufgewärmt hatten, wo Henry und Daisy sich zu ihnen gesellten. Jeder von ihnen sollte fünf Minuten einfache Dressur-Aufgaben reiten, die von Daisy angesagt wurden, während Henry zusah. Sebastian war der Erste und ritt seine Lektionen sehr gut, bot einen perfekten gleichmäßigen Galopp, bei dem die Mähne seines Braunen rhythmisch wehte.

»Super!« Daisy strahlte.

Henry nickte. »Nicht schlecht, hätte aber noch besser sein können«, meinte er mürrisch. »Pass auf deine Hände auf.«

Sebastian zuckte mit den Schultern und nahm wieder seinen Platz in der Reihe ein. Ellie absolvierte ihre Aufgaben ebenfalls sehr gut, dennoch war Henry voller Kritik. Ellies fröhliches Gesicht wurde traurig, während er ihre Haltung und den Schritt ihres Ponys auseinandernahm. Kleinlaut ritt sie zurück in die Reihe, und Georgia fragte sich, wieso Henry ihren Ritt so schlecht gemacht hatte, wo sie doch wirklich sehr gut gewesen war.

Georgia war die Nächste. Lily trabte vorbildlich bis zur Mittellinie, während Georgia aufmerksam auf ihre nächsten Anweisungen hörte, und sie bewältigte alle Aufgaben sehr gut. Eigentlich war es gar nicht so anders als beim

Schaureiten, und Lilys flüssiger Trab und leichter Galopp brachten Daisy schon bald zum Strahlen.

»Wunderbar!«, lobte sie begeistert. »Du bist das erste Waliser Pony, das ich hier auf Rosefolly unterrichte, und was für ein Pony!«

Georgia tätschelte Lily und ritt am langen Zügel zurück in die Reihe, ihre Beine zitterten ein klein wenig. Puh, Lily hatte ihr Recht, hier zu sein, jedenfalls verteidigt.

Sebastian sah beeindruckt aus, genau wie Ellie und Jodie, die ihr nach oben gerichtete Daumen zeigten. Nur Serena saß da und schaute wie versteinert mit eisigem Blick nach vorn. Georgia hätte ihr am liebsten die Zunge herausgestreckt, wie um zu sagen: Da siehst du, was mein Waliser Pony kann!

»Also, ich freue mich auf jeden Fall auf die nächsten Tage«, fuhr Daisy zufrieden fort. »Achte nur auf deine Übergänge, Georgia. Daran werden wir noch etwas arbeiten. Was meinst du, Henry?« Sie drehte sich zu dem Reitlehrer um, der missmutig seinen Hemdkragen richtete.

»Na ja«, sagte er ohne große Begeisterung und blickte kaum hoch. »Das Tier hat allerdings wohl nicht viel mehr zu bieten, nichts im Vergleich zu einem hochgezüchteten Pony. Es hat einfach nicht die Entwicklungsmöglichkeiten.«

Georgia fühlte sich, als ob ihr jemand kaltes Wasser über den Kopf geschüttet hätte, und Daisy blickte stirnrunzelnd zu ihrem Kollegen.

»Da bin ich anderer Meinung«, widersprach sie entschieden. »Ich fand die Vorführung ausgezeichnet.«

»Tja, du bist neu, du wirst es schon noch lernen.« Henry inspizierte jetzt seine Fingernägel und gab sich völlig desinteressiert. »Wir werden sehen. Serena!«

Als Henry ihren Namen aufrief, ritt Serena nach vorn und warf Georgia einen triumphierenden Blick zu, als wolle sie sagen: Hab ich's dir nicht gesagt?

Mit brennenden Wangen sah Georgia zu, wie Serena ihre Aufgaben absolvierte. An Sebastians und Ellies Darbietung reichte Serena einfach nicht heran. Das wunderschöne Pony, das sie ritt, war offensichtlich bereits sehr geübt, doch zwischen Ross und Reiter bestand keinerlei Partnerschaft. Der hübsche Braune bewegte frustriert den Kopf hin und her, weil er an so kurzem Zügel gehalten wurde. Georgia bemerkte, dass Daisy das Gesicht verzog und dann verblüfft dreinsah, als Henry in diesem Moment Serena mit dröhnender Stimme lobte. »Genau so«, kommentierte er triumphierend, »muss es gemacht werden.«

Selbst Sebastian sah erstaunt aus.

Serena lächelte, ein kühles, angespanntes Lächeln, während sie ihren Platz in der Reihe wieder einnahm und sich nicht die Mühe machte, ihr Pony zu streicheln. Jodies Gesicht war ausdruckslos, als sie Jackson auf die beiden Reitlehrer zugehen ließ, wo Daisy sie mit einem Lächeln begrüßte, Henry sie jedoch kaum anblickte.

Der Unterschied zwischen Jodies und Serenas Reitstil war unübersehbar. Jackson war offensichtlich ein schwieriges, leicht erregbares Pony, doch Jodie saß so ruhig und weich im Sattel, dass all seine Energie in einen perfekten starken Trab und einen schwungvollen Bergaufgalopp floss. Er sah aus, als wäre er dauernd kurz davor, richtig loszulegen, doch irgendwie ritt Jodie ihn ganz wunderbar, und Georgia war absolut beeindruckt.

Daisy empfand das offensichtlich genauso, denn sie war voller Lob für die junge Schülerin. Sie drehte sich zu Henry und erwartete offensichtlich, dass er das genauso sah.

Doch wenn Henry gegenüber Georgia schon kritisch gewesen war, dann zerriss er Jodie jetzt praktisch in der Luft. Georgia konnte nur Fetzen der Bewertung auffangen, doch sie hörte genug, um beurteilen zu können, dass Henry vollkommen ungerechtfertigt gemein gewesen war.

Die arme Jodie ritt zurück in die Reihe, in ihren Augen standen Tränen, was Serena noch höhnischer grinsen ließ.

Sobald das erste Vorreiten vorbei war, gingen die Beurteilungen während des restlichen Trainings so weiter, und trotz Daisys Protesten wurden Jodie und Jackson gnadenlos niedergemacht. Georgia erging es nicht viel besser. Obwohl sie das Gefühl hatte, ziemlich gut zu reiten – und die Spiegel in der Arena zeigten auch ein Pony und eine Reiterin, die in perfekter Harmonie waren –, schimpfte Henry die ganze Zeit mit ihr. Die einzige Reiterin, die er lobte, war Serena, und Georgia konnte einfach nicht verstehen, warum. Serena war weit entfernt davon, perfekt zu sein.

Sobald das Training beendet war, drehte Henry sich auf dem Absatz um und marschierte davon. Daisy wartete auf Jodie und Georgia, bis sie die große Arena verließen. Sie tätschelte Jackson und Lily und versuchte, die beiden Mädchen aufzumuntern.

»Ihr habt das beide sehr gut gemacht«, sagte sie freundlich und wusste offensichtlich nicht, was sie von Henrys Benehmen halten sollte.

Doch trotz Daisys Aufmunterung merkte Georgia, dass ihre Beine zitterten, als sie Lily später absattelte und ihr die Decke überlegte. Sie lehnte sich gegen das Palomino, und die Wärme des Ponys tröstete sie. In diesem Augenblick wurde ihr klar, dass sie Henry zutiefst verabscheute, nicht nur, weil er so auf ihrer neuen Freundin Jodie herumgehackt hatte, sondern auch, weil er sich so abfällig über Lily geäußert und sie als »das Tier« bezeichnet hatte!

Kapitel sechs

Später, als sie nach einem heißen Bad zusammengerollt in ihrem Bademantel dalag, fühlte Georgia sich schon wieder etwas besser. Sie hatte am Nachmittag eine Unterrichtsstunde bei Daisy gehabt, wo sie, unter deren verständnisvoller, aber erfahrener Anleitung, zusammen mit Lily das Schulterherein über die lange Seite der Arena perfektioniert hatte. Dennoch konnte sie die Niedergeschlagenheit nicht ganz aus ihrer Stimme verbannen, als sie an diesem Abend das Handy nahm, um Daniel anzurufen. Er hatte ihr gesagt, sie solle ihn jeden Tag anrufen, und das wollte sie auch gerne tun, denn sie brauchte dringend eine gewisse Normalität.

»Hallo Georgia!« Daniel klang so fröhlich wie immer.

Allein seine vertraute Stimme zu hören löste bei Georgia ein leichtes Zittern der Unterlippe aus. Sie sollte sich wirklich dringend ein dickeres Fell zulegen, wenn sie in der Welt des Reitsports überleben wollte. »Hallo«, sagte sie so fröhlich wie möglich.

Daniel bemerkte dennoch sofort, dass etwas nicht stimmte. »Was ist denn los, Georgia?«, fragte er besorgt.

»Ach«, antwortete Georgia mit einem Schniefen. »Es klingt albern, aber der eine Lehrer ist richtig gemein. Ich habe mich mit einem Mädchen im Kurs angefreundet, aber es geht irgendetwas ganz Komisches hier vor, so wie dieser Lehrer sich verhält. Und dann ist da auch noch ein anderes Mädchen, das mich total grundlos hasst.«

»Ach komm, Georgia«, versuchte Daniel sie aufzumuntern. »Es ist ja nur für eine Woche. Reite einfach so, wie du es immer tust, und kümmere dich nicht um diese anderen, die gemein sind.«

Allein Daniels Stimme zu hören tat Georgia gut, und sie wischte sich über die Augen. Er hatte recht – ihr reiterisches Können sollte für sich sprechen. Janey hätte sie nicht für diesen Kurs ausgewählt, wenn sie nicht an sie glauben würde. Georgias Laune hellte sich auf, was sich auch gleich in ihrer Stimme bemerkbar machte, und sie fragte Daniel, was er denn so unternommen hatte.

»Ach, ich musste auf der Farm helfen und hab dann noch mit Will Fußball gespielt«, antwortete Daniel nach einem kurzen Zögern vage.

»Schon wieder?« Georgia klang überrascht, was sie gar nicht beabsichtigt hatte. Es war nur so, dass Daniel bislang eigentlich gar kein Fußballfan war.

»Na ja, ich muss ja irgendwas unternehmen, solange du nicht hier bist«, meinte Daniel mit einem Lachen. »Wir reden dann morgen wieder, Georgia, und vergiss nicht, dass wir alle für dich da sind!«

Nach dem Abendessen setzte Georgia sich im Aufenthaltsraum neben Jodie, während diese darauf wartete, dass ihre Mutter ihre Arbeit beendete. Der Raum war ein richtiges Paradies für Pferdefreunde: Stapel von Pferdezeitschriften und eine ganze Wand voller Rosetten. Von den Fotos und all den sie umgebenden Erinnerungsstücken inspiriert, waren Georgia und Jodie bald in eine Unterhaltung über ihre Ponys vertieft. Jodie nahm das gerahmte Foto eines Reiters bei der Dressurweltmeisterschaft in die Hand und betrachtete es nachdenklich. »Das ist es, was ich will«, sagte sie leise.

»Berühmt werden?«, fragte Georgia neugierig, doch Jodie schüttelte den Kopf.

»Es geht mir nicht darum, berühmt zu werden«, erklärte sie. »Ich möchte einfach nur die Beste sein. Ich möchte so weit kommen, wie ich kann. Mit Jackson kann ich sehr viel erreichen.«

Ihre Stimme klang entschlossen, und Georgia nickte. »Das glaube ich dir«, sagte sie.

»Ich möchte einfach nicht, dass Mum sich weiter so abmühen muss«, fuhr Jodie fort und blickte noch einmal auf die Fotografie. »Jackson … er ist meine einzige Chance.«

Georgia hatte das Gefühl, dass Jodie und sie inzwischen offener miteinander reden konnten, und da sie froh war, wenigstens eine Freundin in Rosefolly gefunden zu haben, entschloss sie sich, die Sprache doch noch einmal auf Serena und Jackson zu bringen. Wie kam es, dass Jodie ein so tolles, aber nicht ganz einfaches Pony hatte – ein Pony, das Serena offensichtlich kannte, aber aus irgendeinem Grund hasste?

Jodie senkte die Stimme und begann zu erzählen. »Serenas Vater kaufte Jackson für viel Geld in Deutschland«, erklärte sie. »Er sollte das Pferd sein, mit dem Serena von einem Sieg zum nächsten reiten würde. Nun ist Jackson zwar sehr talentiert, aber er ist auch nicht ganz einfach und sehr, *sehr* empfindlich. Serena wollte schnelle Ergebnisse sehen und … na ja, sie bekam sofort ziemliche Schwierigkeiten mit ihm und sie vertrugen sich gar nicht.«

»So jemand kenne ich auch«, sagte Georgia und verzog das Gesicht.

Jodie nickte. »Lilys frühere Besitzerin?«, fragte sie nach. »Ich habe von ihrer Vorgeschichte gehört. Du hattest solchen Erfolg mit Lily.«

»Und wie bist du dann zu Jackson gekommen?«, wollte Georgia gespannt wissen.

»Wenn keine Schule war, bin ich immer mit meiner Mutter auf den Hof gekommen«, sagte Jodie. »Serena und ich waren damals fast befreundet.« Jodie strich sich das volle Haar aus der Stirn. »Mum hatte ihr Pferd zu der Zeit auf Serenas Hof eingestellt – es war ein ganz wundervolles Warmblut. Sie hatte viel Erfolg mit ihm und gewann jede Menge Wettkämpfe im Schau- und Dressurreiten. Damals bemerkte ich, dass Serena und Jackson einfach nicht miteinander klarkamen. Mum erzählte mir, dass Serenas Vater ihn sogar einschläfern lassen wollte, weil er angeblich gefährlich sei.« Sie machte eine Pause, bevor sie fortfuhr. »Ich konnte es nicht glauben und bettelte ihren Vater an, es mich mit Jackson versuchen zu lassen, das war am Tag, bevor er wegkommen sollte.« Sie lächelte bei dieser Erinnerung. »Na ja, wir beide verstanden uns auf Anhieb. Irgendwie hat es bei uns einfach Klick gemacht.«

»Das ist nicht zu übersehen«, stimmte Georgia zu und dachte an den heutigen Unterricht zurück. »Du passt dich ihm beim Reiten so gut an! Also wo liegt Serenas Problem?«

Jodie zuckte mit den Schultern und sah sich noch einmal um, ob auch niemand zuhörte. »Eifersucht, vielleicht«, flüsterte sie. »Sie konnte es nie akzeptieren, dass *sie* Jackson nicht reiten konnte. Und nach unseren ersten Erfolgen wurde es nur noch schlimmer.«

Georgia schwieg und verdaute diese Informationen erst einmal. »Also hat deine Mutter ihn gekauft?«, fragte sie vorsichtig, und Jodie verzog das Gesicht in schmerzhafter Erinnerung.

»Ja«, sagte sie und man merkte, wie sehr ihr das zu schaffen machte. »Doch sie musste dafür umgekehrt ihr Pferd an Serenas Vater verkaufen. Er versprach ihr, es für sie zu behalten, so dass sie es weiter reiten konnte, da sie immer noch für ihn arbeitete. Aber er verkaufte es schon nach wenigen Monaten nach Deutschland, und zwar für den fünffachen Preis, den er Mum bezahlt hatte. Das hat ihr das Herz gebrochen, und sie hat bei ihm gekündigt.« Sie drehte sich zu Georgia, und ihre Augen funkelten vor Entschlossenheit. »Verstehst du jetzt?«, fragte sie grimmig. »Ich muss einfach Erfolg haben, für meine Mutter und für alles, was sie für mich geopfert hat! Jackson hat bislang überall gewonnen, wo ich mit ihm teilgenommen habe, aber alleine komme ich nicht mehr viel weiter. Deshalb bin ich hier. Ich will das wirklich, Georgia.«

Georgia schwieg beeindruckt. Jodie war gar nicht nur auf Rosetten und Ruhm aus; sie wollte aus wichtigeren Gründen ganz an die Spitze. Es bedeutete für sie einfach alles.

»Aber was ist mit dir?«, fragte Jodie und wechselte das Thema. »Was möchtest du denn erreichen?«

Georgia dachte intensiv über das nach, was Jodie

gerade gesagt hatte. Dadurch wurde ihr auf einmal klar, dass sie ihren Traum bereits erreicht hatte: ihr eigenes Pony zu haben, na ja, zumindest so gut wie. Sie lächelte ihre neue Freundin an. »Ich wollte einfach nur mein eigenes Pony haben«, antwortete sie und zuckte mit den Schultern. »Das war mein Traum, und er ist wahr geworden. Ich habe Lily.«

»Das war mein Traum!«

Ein spöttisches Lachen ließ sowohl Georgia als auch Jodie zusammenzucken, als Serena unvermittelt hinter ihnen wie aus dem Nichts auftauchte, begleitet von Sebastian, der seinen Hemdkragen hochgestellt trug und schief grinste. »Is heiße Georgia, und is bin ja soo verlückt nach Ponys!«, fuhr Serena mit gespielter Kleinkinderstimme fort. Georgias Wangen brannten vor Demütigung. Sie blickte zu Sebastian und hoffte, er beteiligte sich nicht daran, doch zu ihrer Enttäuschung lachte er zusammen mit Serena. So viel dazu, dass er vielleicht ganz okay wäre!

Jodie schwieg und blickte auf ihre Füße.

»Also bit-te!«, fuhr Serena fort, und in ihrer spöttischen Stimme schwang deutlich auch Zorn mit. »Du weißt aber schon, wo du hier bist, oder? Du bist auf Rosefolly, dem besten Reitsportzentrum im ganzen Land. Hier geht es nicht um niedlichen Pony-Kram! Und was dich betrifft, Jodie: Keine Ahnung, wieso dieses irre

Pony überhaupt hier zugelassen werden konnte. Es ist ja geradezu gefährlich!«

Georgia konnte es einfach nicht mehr ertragen. »Ach ja?«, erwiderte sie mit brennenden Wangen, aber sie fühlte sich mutig. »Jodie kann Jackson zumindest reiten, im Gegensatz zu dir!«

Das bösartige Grinsen Serenas erstarb. »Was hast du erzählt?«, zischte sie Jodie mit funkelnden Augen an.

»Nichts«, murmelte Jodie. »Ich habe nur erzählt, dass meine Mutter Jackson von euch gekauft hat, mehr nicht.«

»Du solltest lieber vorsichtig sein, Jodie Harrison«, sagte Serena drohend. »Ich dachte, ich hätte dir das schon klargemacht, bevor wir hierherkamen.« Sie sah Jodie geradeheraus an, ihre Stimme war eisig. »Solange Henry hier das Sagen hat, sollte deine Mutter sich lieber in Acht nehmen. Es wäre doch wirklich Pech für euch, wenn sie ihren lausigen kleinen Job verlöre.«

Kapitel sieben

»Komm schon, Jodie, sie hat das doch nur so gesagt«, versuchte Georgia später am Abend ihre Freundin aufzumuntern. Sie hatten sich in die Stallungen zurückgezogen, um bei ihren Ponys zu sein. Jetzt saßen sie auf den Heuballen im Durchgang gegenüber der Boxen und aßen die Schokokekse, die sie sich aus der Küche stibitzt hatten. »Serena kann deine Mutter gar nicht feuern lassen, sie gibt einfach nur an.«

Jodie schüttelte traurig den Kopf. Sie hatte sich in Jacksons blaue Wolldecke gehüllt. »Nein«, sagte sie leise. »Aber du hast gesehen, wie Henry sie vorzieht. Bevor wir hierherkamen, hatte sie mir eine Nachricht geschickt und mich vor der Teilnahme gewarnt, aber ich habe es nicht richtig ernst genommen. Deshalb habe ich auch möglichst versucht, ihr aus dem Weg zu gehen.«

Georgia nickte beim Zuhören. Henry war offensichtlich ein erfahrener Reitlehrer, warum also lobte er Serenas Reitkünste und kritisierte Jodie, die nach Georgias Ansicht die beste Reiterin der Gruppe war? »Hoffentlich wird er bald wieder vernünftig«, meinte sie.

Ein Summen aus ihrer Tasche durchbrach das Schweigen nach ihrer Bemerkung, und als sie ihr Handy herauszog und sah, dass die Nachricht von Dan war, musste sie unwillkürlich lächeln.

Hey, G!

Georgia meinte förmlich, seine fröhliche Stimme zu hören, als sie die Nachricht las:

Hoffe, alles lief gut heute. Ruf mich später an! ☺

Georgia schickte ihm eine schnelle Antwort, damit er wusste, wie es ihr ging, und fragte ihn, was er an diesem Tag gemacht hatte.

Fußball mit Will.

Die Antwort kam zu Georgias Verblüffung blitzschnell. Das war jedenfalls der dritte Tag in Folge, an dem Daniel mit Will Fußball gespielt hatte. Irgendwas Komisches ging da vor.

»Wer ist das?«, fragte Jodie neugierig, da sie Georgias Lächeln bemerkt hatte.

»Mein Freund Dan«, murmelte Georgia.

»Dein Freund?«, fragte Jodie lächelnd, mit hochgezogenen Augenbrauen, und Georgia wurde rot. Doch es tat gut, Serenas Drohungen zu vergessen, indem sie über Daniel plauderten und darüber, wie gern Georgia ihn hatte. Jodie gestand, dass sie sich ein bisschen in Sebastian verguckt hatte. Georgia konnte verstehen, warum – er sah gut aus und war obendrein ein ausgezeichneter Reiter. »Aber leider«, meinte Jodie traurig, »hat Serena ihn total um den Finger gewickelt, und er merkt gar nicht, wie sie wirklich ist.«

»Na ja, hoffen wir einfach, dass er irgendwann zur Besinnung kommt, genau wie Henry«, meinte Georgia. »Komm, gehen wir und kümmern uns um die Ponys.«

Nach den Höhen und Tiefen des Tages war es eine Erleichterung, in Ruhe etwas Zeit mit Lily zu verbringen, bevor die »Ausgangssperre« für den Hof begann. Jodie übernachtete nicht wie die anderen im Schlafquartier, da ihre Mutter in der Nähe wohnte, und so ging sie am Abend nach Hause. Georgia hatte inzwischen erfahren, dass Jackson normalerweise nicht auf Rosefolly untergebracht war, sondern auf einer Einstell-Farm ein Stück entfernt.

Da sie nicht gerade scharf darauf war, sich zu Sebastian und Serena im Aufenthaltsraum zu gesellen, beschloss Georgia, sich in den riesigen Steintrog im Stall zu setzen und ein Buch zu lesen. Ellie übernachtete zwar auch auf Rosefolly, doch sie blieb abends leider meist für sich.

Es hatte etwas Tröstendes zuzusehen, wie das Palomino sich das Heu aus dem Netz holte, untermalt vom gelegentliche Wiehern oder Schnauben der Pferde aus den umliegenden Boxen. Als Georgia an ihre Unterhaltung mit Jodie zurückdachte, ließ sie sich die Erklärung ihrer Freundin noch einmal durch den Kopf gehen. Jodie wollte unbedingt als Spitzenreiterin Erfolg haben, was Georgia völlig verstehen konnte. Aber je mehr sie darüber nachdachte, desto mehr wurde ihr klar, dass ihre eigenen Wünsche sich nun ebenfalls herauskristallisierten.

Als Lily in ihr Leben gekommen war, hatte es Georgia am meisten Freude und Befriedigung verschafft, dass sie sich das Vertrauen der kleinen Stute verdient hatte und ihre Freundin wurde. Die Rosetten, der Ruhm und die Meisterschaftstitel waren toll gewesen, aber sie waren eigentlich nur das Sahnehäubchen. Georgia wusste, dieses Palomino war außergewöhnlich talentiert. Janey, die Lilys Fortschritte von Anfang an beobachtet hatte, hätte sich andernfalls gewiss nicht dafür eingesetzt, dass sie an diesem Trainingscamp teilnehmen durften. Wieder einmal bedankte sich Georgia in Gedanken bei Melanie dafür, dass sie Lily nicht für Tausende von Pfund verkaufte, so wie sie es tun könnte, sondern sie stattdessen von Georgia auf Redgrove Farm versorgen ließ.

Redgrove Farm! Das war der Ort, wo sie am glücklichsten war und es ihr völlig ausreichte, wenn sie einfach nur ausmistete, über die Hügel und durch die Täler ritt oder mit ihren Freunden in der Sattelkammer plauderte. Aber wurde Lilys Talent dabei womöglich vergeudet? Oder konnte es gar keine Vergeudung sein, wenn ein Pony dabei geliebt wurde und glücklich war? Vielleicht brauchte Georgia ja Lily gar nicht weiter voranzubringen. Seufzend legte Georgia jetzt ihre Arme um den warmen Hals der kleinen Stute und atmete ihren einzigartigen Ponygeruch ein. Sie würde diese Woche durchstehen, das stand fest, schon allein, um zu beweisen, dass Henry und Serena falschlagen, und um Jodie beizustehen. Aber wer wusste schon, was danach passieren würde?

Die Reitstunden am nächsten Tag verliefen insgesamt viel positiver. Während des Gruppenunterrichts wurden Georgia, Jodie und Ellie von Daisy unterrichtet, während Serena und Sebastian in der anderen Hälfte der Arena unter Henrys Anleitung arbeiteten. Daisy war eine hervorragende Lehrerin, freundlich, aber unnachgiebig und mit einem bemerkenswerten Auge für Details.

Bald vollführten Georgia und Lily einen beeindruckenden versammelten Galopp, den Georgia so nie zuvor versucht hatte. Daisy wusste einfach, wie sie bei den Ponys gute Leistungen erzielen konnte, und Georgia war überrascht, wie die kleinsten Änderungen und die geringsten Hilfen an genau der richtigen Stelle Lily regelrecht zum Tanzen brachten, so wie sie es nie vorher getan hatte. Ihre Schrittlängen beim starken Trab wurden größer und ihr Schritt kräftiger denn je. Ihr leichter Galopp umgekehrt wurde so langsam, als ginge sie im Schritt, und war reine Perfektion.

Georgia konnte gar nicht mehr aufhören zu lächeln. Trotz ihrer Gedanken vom Vorabend, als ihr klargeworden war, dass sie nicht den gleichen Wettbewerbsgeist wie Jodie in sich trug, bedeutete das nicht, dass sie nicht beim Reiten dazulernen wollte, und so saugte sie Daisys Unterricht auf wie ein Schwamm. Auch Jodie und Ellie sahen zum ersten Mal glücklich aus.

Beim Gruppenunterricht bekam Georgia zum ersten Mal hautnah mit, wie schwierig Jackson sein konnte. Als Jodie ihn zu einem fliegenden Wechsel antrieb, wich Jackson mit aufgeblähten Nüstern und geweiteten Augen zur Seite aus. Georgia bewunderte, wie Jodie sich kaum im Sattel bewegte und nicht im Geringsten panisch wurde. Stattdessen lenkte sie das schwarze Pony im Kreis, tätschelte seinen Hals und kraulte ihn, während sie leise mit ihm redete. Jackson entspannte sich wieder und vollführte danach den perfekten fliegenden Wechsel.

»Sehr gut gemacht!« Daisy schien begeistert von ihren Fortschritten. Trotz der kühlen Luft hatte Georgia bereits ihre Jacke abgelegt. Wer hätte gedacht, dass das Training im Dressurreiten einen so ins Schwitzen bringen konnte. Sie fühlte sich, als hätte sie einen Langstreckenlauf absolviert! Stolz auf das Palomino und auf sich, tätschelte sie Lily. Sie war erleichtert, bewiesen zu haben, dass sie ihren Platz in diesem Trainingscamp verdient hatte.

»Sehr gut gemacht, alle zusammen!« Daisy strahlte wieder. »Und jetzt hört mal gut zu«, fuhr sie fort und tätschelte alle drei Ponys nacheinander. »Auf Rosefolly wird es von nun an sehr spannend werden.« Sie beugte sich zu ihren Schülerinnen vor. »Bereits morgen wird uns jemand besuchen«, fuhr Daisy mit einem Lächeln fort. »Jemand sehr Wichtiges!«

Georgia und Jodie tauschten Blicke aus, während Daisy erklärte, dass jemand aus dem Trainerteam der Jugendmannschaft im Dressurreiten käme, um den Kursteilnehmern bei ihrer Vorbereitung auf die abschließende Prüfung zuzusehen. Am letzten Tag würde dann die offizielle und endgültige Beurteilung erfolgen, aber bereits bis dahin würden sie alle beobachtet und bewertet werden. Die Beobachtungen würden dabei von Henry Winters unterstützt werden, erklärte Daisy, und ihr Lächeln schwand für den Bruchteil einer Sekunde, als sie unwillkürlich hinüber zu Henrys Gruppe blickte.

Jodies Schultern sackten nach vorn, und Ellie stieß einen leisen Seufzer aus. Wenn Henry mitbeurteilen durfte, wurde Georgia klar, bekäme Jodie keine Chance, ihr Talent zu zeigen. Sie musste ihr unbedingt helfen!

Sobald die Reitstunden an diesem Tag beendet waren, versuchte Georgia ihre Freundin allein zu erwischen. Sie wusste, morgen wäre Jodies große Chance, und sie wollte nicht, dass sie sich wegen Serena Sorgen machte. So schlüpfte sie noch vor der nachmittäglichen Teestunde aus Lilys Box, um gleich darauf stehen zu bleiben. Den Kopf gegen den Stiel ihrer Bollengabel gelegt, lauschte sie, denn sie hörte halblaute, aufgebrachte Stimmen. Woher kamen sie? Da tauchte Jodie vor Jacksons Box gleich nebenan auf. Georgia legte einen Finger über ihre Lippen und bedeutete Jodie still zu sein, damit sie hören konnten, was da geredet wurde. Jodie stand so reglos wie aus Stein gemeißelt neben Jackson, ihr Gesicht wurde kreidebleich. Die Stimmen gehörten Serena und Henry. Anscheinend meinten sie, alle seien im Moment zum Nachmittagstee im Haus.

Serena klang sehr wütend, und Henry versuchte, sie

zu besänftigen. »Sie haben gesagt, sie würde kein Problem darstellen!« Ihre harte, hochnäsige Stimme stieg leicht an.

»Keine Sorge.« Henrys abgehackter Tonfall war unverkennbar. »Ich werde mich darum kümmern. Auf keinen Fall wird Jodie reiten, wenn sie weiß, dass ich Amanda feuern kann.«

»Und warum ist sie dann immer noch hier?« Serenas Stimme klang jetzt fast weinerlich.

»Überlass das mir.« Henrys Stimme war gereizt. »Ich sagte doch, ich kümmere mich darum!«

Jodie blieb so reglos wie vorher, noch lange nachdem Serena und Henry die Scheune verlassen hatten. Deren auf dem Kopfsteinpflaster hallende Schritte waren nicht zu überhören.

»Tja, das war es dann«, flüsterte Jodie schließlich. »Ich kann nicht zulassen, dass Mum ihren Job wieder verliert.«

Georgia wusste nicht, was sie entgegnen sollte. Schließlich hatte Henry das Sagen, solange die Eigentümer des Reitsportzentrums Tausende von Meilen entfernt waren. Warum war er nur so versessen darauf, Serena in die Jugendmannschaft zu bringen, sogar um den Preis, einer Pferdepflegerin den Job zu nehmen? Er musste doch wissen, dass andere Reiter mehr Recht auf einen solchen Platz hatten.

»Ich werde dieser Sache auf den Grund gehen«, sagte Georgia entschlossen zu ihrer Freundin, die nur mit den Schultern zuckte und sich auf die Lippen biss, während sie versuchte, nicht zu weinen. Jodies tieftraurigen Gesichtsausdruck zu sehen bestärkte Georgia nur noch in ihrer Entschlossenheit, herauszufinden, was genau hier vorging.

Kapitel acht

»Habt ihr es schon gehört?« Es war nicht zu übersehen, dass Sebastian am nächsten Morgen beim Frühstück, als er sein Müsli verschlang, es kaum erwarten konnte, die Neuigkeit zu verkünden. »Ellie ist abgereist!«

Georgia sah ihn verblüfft an, genau wie Jodie, da kam Serena dazu und setzte sich neben Sebastian. Georgia hätte schwören können, dass ein Ausdruck der Befriedigung über Serenas Gesicht huschte.

»Sie war dem einfach nicht gewachsen, ich hatte mich schon immer gefragt, warum sie überhaupt hier war«, sagte sie abwertend.

Georgia merkte, wie der Ärger in ihr hochstieg, wenn sie an die arme Ellie dachte, die von Henry gleich während der ersten Stunde völlig auseinandergenommen worden war. »Das stimmt doch nicht!«, rief sie aus. »Ellie war eine sehr gute Reiterin, und sie hatte eine so gute Chance wie jeder von uns, einen Platz im Team zu bekommen!«

»Was soll's, eben eine weniger.« Serena war eiskalt, und selbst Sebastian sah leicht schockiert drein, als Serena fortfuhr. »Ich denke mal, wir werden schon noch herausfinden, wer *wirklich* mithalten kann.«

Georgia wollte schon etwas erwidern, als sie Jodies Ellbogen spürte. Daraufhin hielt sie den Mund. Sie dachte an das Gespräch im Stall, das sie gestern mitangehört hatten, und kniff die Augen zusammen. Serena spielte mit falschen Karten, und Henry half ihr dabei. Georgia konnte sich vorstellen, dass er Jodies Mutter tatsächlich feuerte, wenn Jodie nicht ihren Platz als Anwärterin für die Jugendmannschaft aufgab. Es gab keinen Beweis dafür, aber Georgia traute Serena und Henry nicht über den Weg. Sie musste etwas unternehmen! Ihren Appetit hatte sie mittlerweile völlig verloren, also schob sie ihren Stuhl zurück und stand auf. Wenn nur Melanie oder Daniel hier wären – die wussten immer, was zu tun war.

Sie rief sich in Erinnerung, was Jodie ihr über Martha und James, die Eigentümer von Rosefolly erzählt hatte. Wenn die beiden nur wüssten, was während ihrer Abwesenheit vorging! Da hatte sie einen Geistesblitz. Rosefollys Eigentümer mochten in Australien sein, aber das bedeutete noch lange nicht, dass Georgia sie nicht kontaktieren konnte. Eines war klar: Jodie musste einfach sicher sein, dass sie beim Vorreiten tatsächlich ihr Bestes geben konnte, ohne dass sie sich über den Job ihrer Mutter Sorgen machen musste.

Georgia rannte zurück in ihr Zimmer und holte den alten Laptop heraus, den sie mitgenommen hatte, weil sie ihrer Mutter versprochen hatte, abends zusätzlich etwas für die Schule zu machen. Mit leichten Schuldgefühlen fiel ihr ein, dass sie bislang keinerlei Schularbeiten gemacht hatte. Aber jetzt stellte sie den Computer an und ging auf die Website von Rosefolly und fand auch gleich die E-Mail-Adresse von James und Martha Davidson, Eigentümer des Rosefolly-Reitsportzentrums. Was sollte sie ihnen schreiben?

Sehr geehrte Mrs und Mr Davidson,

Ihre Finger schwebten über der Tastatur.

mein Name ist Georgia Black, und ich nehme momentan an einem Training im Dressurreiten auf Rosefolly teil. Es tut mir leid, dass ich Sie störe, während Sie so weit weg sind, aber ich hoffe, Sie können mir helfen. Ich befürchte, dass Henry Winters damit droht, Ihre Pferdepflegerin Amanda zu feuern, um zu verhindern, dass Amandas Tochter Jodie sich um einen Platz in der Jugendmannschaft bewirbt. Jodie muss aber unbedingt wissen, dass er das nicht tun kann, sonst gibt sie auf.
Vielen Dank im Voraus, Georgia May Black

Georgia holte tief Luft, hoffte das Beste und drückte auf *Senden*, bevor sie zurück zum Stall eilte. Als der Adrenalinstoß über das, was sie getan hatte, wieder abflaute, legte sie ihr Gesicht mit den geröteten Wangen an Lilys Hals. Hatte sie das Richtige getan? Sie kannte ja Rosefollys Besitzer noch nicht einmal und hatte sich in Dinge eingemischt, die sie streng genommen gar nichts angingen. Vielleicht würden die beiden Henry anweisen, Georgia aus dem Reitkurs zu werfen. Ihr ganzer Körper war vor Aufregung heiß und kalt zugleich. Als Lily mit ihren weichen Lippen an ihren Händen schnupperte und leicht beunruhigt schien, da sie die aufgewühlte Gefühlslage ihrer jungen Herrin aufnahm, stieß Georgia einen tiefen Seufzer aus. Sie konnte nur noch das Beste hoffen, für einen Rückzieher war es jetzt zu spät.

Der Trainer der Jugendmannschaft, der am nächsten Tag auf dem Hof ankam, war ein freundlich aussehender älterer Mann in Cordhosen, dessen Reitjacke den Aufdruck eines Sponsors trug. Er sah aus, als hätte er sein ganzes Leben zwischen Pferden verbracht, wie er so in der Arena auf und ab lief und jedes Pony und jeden Reiter oder jede Reiterin musterte, während diese ruhig dastanden. Georgia hatte heute noch ein paar Extraminuten damit verbracht, Lily vorzubereiten, damit sie besonders schön aussah. Ihre kleinen blassen Füße waren poliert, und ihre Mähne fiel in weichen, cremefarbenen Wellen. Sie war so hübsch und so bescheiden in ihrem schlichten Zaumzeug. Georgia war immer noch nicht sicher, wie sie über Lilys weitere Karriere im Reitsport dachte, aber das bedeutete nicht, dass sie nicht ihr Bestes gab, wie sie Mel versprochen hatte.

Sie bemerkte, dass der Mann Jackson und Lily besonders lange begutachtete, und ihr gerann fast das Blut in den Adern, als sie den wütenden Blick bemerkte, den Henry nicht verbergen konnte. Er wollte auf jeden Fall, dass Serena in die Auswahl kam. Aber warum?

Während des restlichen Unterrichts blieb der Mannschaftstrainer, ohne viel zu reden, am Rand, stehen und machte sich gelegentlich Notizen. Die meiste Zeit jedoch beobachtete er an den Zaun gelehnt lediglich die Reiter auf ihren jeweiligen Ponys. Henry schien entschlossen, Serena in den Vordergrund zu rücken, und ließ Georgia und Jodie ganz hinten in der Arena warten, während Serena und ihr Pony eine vollständige Dressurabfolge zeigten. Georgia versuchte, den Ausdruck des Trainers zu deuten, doch der verzog keine Miene. Ob die Erwartungen an Serena wegen ihres berühmten Vaters wohl besonders hoch waren, fragte sich Georgia, und für ein paar Sekunden empfand sie sogar ein wenig Mitleid mit ihr. Es war wahrscheinlich nicht einfach – besonders, da ihr das natürliche Talent zu fehlen schien. Doch andererseits, wenn sie sich daran erinnerte, wie Serena versuchte, jeden aus dem Training hinauszuekeln, runzelte sie die Stirn. So sehr tat sie ihr dann auch wieder nicht leid!

»Haben Sie genug gesehen?« Henry versuchte fast schon verzweifelt, das Vorreiten zu beenden, doch Georgia und Jodie hatten kaum einen Zirkel geritten. Es war wirklich absichtliche Sabotage, dachte Georgia voller Wut.

»Noch nicht ganz.« Der Trainer warf einen kurzen Blick auf seine Uhr und fragte dann: »Kann ich bitte auch das Palomino und das schwarze Pony in Aktion sehen?«

»Natürlich«, sagte Henry durch zusammengebissene Zähne.

»Aber wenn Sie mich fragen«, fuhr er in gespieltem Flüsterton fort, »ist das Palomino nur auf Schau getrimmt, ohne Substanz, und das schwarze Pony ist viel zu unberechenbar, sogar gefährlich.«

»Das werde ich noch beurteilen«, erwiderte der Trainer gleichmütig und blätterte in seinem Notizblock. »Es hat jedenfalls schon einige Wettbewerbe erfolgreich absolviert, wie ich sehe.«

Henry schnaubte. »Nur lokale Wettkämpfe, nichts Besonderes. Jeder Esel könnte einen Preis bei manchen der Wettbewerbe in der Gegend gewinnen.« Nun rief er mit funkelnden Augen Georgia und Jodie in die Arena. Georgia trieb Lily mit einem Schenkeldruck nach vorn, und die kleine Stute reagierte sofort. Georgia achtete darauf, Jodie genügend Raum zu lassen, denn sie wusste, dass Jackson es nicht mochte, wenn ihm andere Ponys zu nahe kamen. Dann konzentrierte sie sich darauf, ihre kleine Stute in den verschiedenen Gangarten zu zeigen – einen Übergang von Schritt zum Trab und ein perfektes Schenkelweichen.

Beim Blick hinüber zu Jodie und Jackson musste sie jedoch die Stirn runzeln. Irgendetwas stimmte nicht. Jodie hielt Jackson zurück, so dass er frustriert seine Ohren zurücklegte und zwischendurch kleine Hüpfer machte. Insgeheim bat Georgia ihre Freundin, wirklich zu zeigen, was ihr Pony konnte. Was stimmte denn nur nicht? Dann wurde ihr mit Entsetzen klar, dass Jodie wohl absichtlich ihre Chance vergab. Sie befürchtete anscheinend tatsächlich, dass Henry ihre Mutter feuern würde, wenn Serena den Platz nicht bekam. Georgia konnte nur hilflos zusehen, wie Jodie die Hand hob und zur Verblüffung des Trainers fragte, ob sie aufhören könne.

»Ich möchte nicht mehr weiterreiten«, sagte Jodie mit zitternder Stimme, sehr zu Serenas kaum verhohlener Freude und Henrys Befriedigung. Prompt wandte Henry sich wieder an den Trainer.

»Was habe ich gesagt?« Seine selbstgefällige Stimme drang durch die Arena bis zu Georgia. »Dieses Pony ist viel zu unberechenbar, und das Mädchen weiß es. Ganz anders als dieses hier.« Er deutete auf Serenas Fuchs.

Der Trainer runzelte die Stirn. »Nun gut«, sagte er, während er sich umdrehte. »Aber ich möchte morgen noch einmal etwas mehr sehen, bevor ich mich entscheide. Wir haben schließlich noch die ganze restliche Woche, nicht wahr?« Und ohne einen weiteren Blick zurück drehte er sich auf dem Absatz um und verließ den Hof.

Kapitel neun

»Was war denn nur los?« Georgia versuchte, mit Jodie zu reden, als sie ihre Ponys in den beiden nebeneinanderliegenden Boxen absattelten. Aber indem Jodie sich nachdrücklich über Jackson beugte, die Reitkappe tief ins Gesicht gezogen, machte sie deutlich, dass sie nicht reden wollte. Georgia wusste, dass sie absichtlich schlecht geritten war, und merkte, wie eine unglaubliche Wut gegen Henry und Serena in ihr aufstieg. Georgia war so damit beschäftigt, sich wegen Jodie und Jackson zu sorgen, dass sie sich gar keine Gedanken darüber machte, was der Trainer wohl von Lily und ihr selbst gehalten hatte, auch wenn das Reiten auf Lily sich so gut wie immer angefühlt hatte. Sie kraulte die kleine Stute am Widerrist, und Lily senkte ihre hübschen blassen Wimpern. Georgia war immer noch nicht sicher, was genau ihr Ziel für diese Woche in Rosefolly war, aber eines stand fest: Aufgeben kam nicht in Frage, und wenn auch nur, um sicherzugehen, dass mit Jodie alles in Ordnung war.

»Ich geh für den Rest des Tages nach Hause«, stieß Jodie hervor und konzentrierte sich sichtlich darauf, Jackson den Sattel abzunehmen. Bevor Georgia einen weiteren Versuch unternehmen konnte, noch einmal mit ihr zu reden, hörte sie, wie ihr Name gerufen wurde. Es war Daisy, erkannte sie mit einem Blick zur Stalltür. Sie sah die junge Lehrerin mit verschränkten Armen und ernstem Gesichtsausdruck in der Türe stehen. Georgia merkte, wie ihre Wangen sich röteten. Bestimmt ging es um die E-Mail, die sie an die Besitzer von Rosefolly geschrieben hatte. Jetzt wurde es ernst.

Sie tätschelte Lily noch einmal, dann verließ sie den Stall und ging mit wackligen Knien hinüber zu Daisy.

»Komm mit«, sagte Daisy grimmig, und Georgia trottete kleinlaut hinter ihr her ins Büro der Lehrkräfte. Zum Glück war weit und breit nichts von Henry zu sehen. Georgia hätte es nicht ertragen, wenn er Zeuge ihrer Zurechtweisung geworden wäre. Es war schlimm genug, dass sie die freundliche und kompetente Daisy enttäuscht hatte. Bei der Vorstellung, was Melanie und Janey zu hören bekämen, merkte Georgia, wie ihre Hände feucht wurden.

Daisy schloss die Tür und setzte sich hinter den Schreibtisch. Georgia stand verkrampft da, einen Fuß hinter dem anderen, und ergab sich in ihr Schicksal.

»Hast du James und Martha Davidson angeschrieben?« Daisy sah Georgia ins Gesicht, ohne eine Miene zu verziehen, und Georgia senkte den Kopf.

»Ja«, flüsterte sie. »Ich wollte, dass sie wissen, wie unfair und gemein Henry und Serena sich verhalten.« Sie konnte genauso gut die Wahrheit sagen, schließlich würde sie sowieso aus dem Training fliegen.

Es herrschte ein langes Schweigen, das nur vom Ticken einer Uhr auf einem riesigen antiken Schreibtisch unterbrochen wurde.

»Ich bin froh darüber«, sagte Daisy schließlich zu Georgias Überraschung, und Georgia wagte es, hoch zu Daisy zu blicken, die sie jetzt nachsichtig anlächelte. »Du bist nicht in Schwierigkeiten, Georgia. Schau nicht so ängstlich.« Daisy erklärte, dass auch sie vermutet hatte, dass irgendetwas zwischen Serena und Henry vorging, und daraufhin selbst Nachforschungen angestellt hatte. Sie kannte den Pferdepfleger am Hof der Van der Hawks, der Amanda ersetzt hatte, nachdem sie gekündigt hatte. Dieser Pfleger hatte bestätigt, dass Henry irgendwelche Geschäfte mit Serenas Vater machte. Daisy konnte nur vermuten, dass Henry bestochen worden war, um Serena einen Platz in der Jugendmannschaft zu verschaffen, entweder indem er alle anderen aus dem Kurs vergraulte oder indem er Jodies Mutter mit dem Rauswurf drohte, wenn Jodie nicht aufgab.

Als James, der Eigentümer von Rosefolly, Daisy heute nach dem Unterricht angerufen hatte, um mit ihr über Georgias E-Mail zu sprechen, hatte Daisy ihm berichtet, was sie wusste.

»Ich habe James alles erzählt«, sagte Daisy. »Und wir sollen Jodie davon überzeugen, weiterzumachen. James hat mir sein Wort gegeben, dass Amandas Job sicher ist, und er wird in Bezug auf Henry Nachforschungen anstellen, sobald er wieder zurück ist.«

»Aber wird Jodie das glauben?«, fragte Georgia.

»Hoffen wir es«, antwortete Daisy mit grimmiger Miene. »Ich werde mal mit ihr reden.« Dann lächelte sie jedoch wieder und öffnete die Tür für Georgia. »Ich sag dir was«, meinte sie, und ihr Gesicht wurde wieder fröhlich. »Der Trainer der Jugendmannschaft kommt erst morgen wieder. Wir *könnten* ja eine Stunde Unterricht abhalten, aber was hältst du davon, wenn wir stattdessen einen kurzen Ausritt machen, nur du, Jodie und ich? Mein Pferd ist auch hier im Haupthof untergebracht.«

»Toll!«, freute sich Georgia. Sie konnte sich nichts Besseres vorstellen. Nach all dem Druck während des bisherigen Aufenthalts würde ein entspannter Ausritt ihr und Lily richtig guttun.

»Super, dann treffen wir uns um zwei unter dem Torbogen. Um Henry kümmere ich mich.« Daisy lächelte. Dann sah sie Georgia geradewegs an. »Oh, und bei all dem, was zur Zeit vorgeht, habe ich fast vergessen, dir etwas zu sagen«, ergänzte sie. »Neben Jodie und Jackson haben du und Lily das größte Potential, das ich seit langer, langer Zeit gesehen habe. Die Verbindung zwischen euch beiden ist unglaublich. Dieses Pony könnte dir den größtmöglichen Erfolg einbringen, Georgia.«

Georgia folgte Daisy sprachlos und verblüfft in den sonnigen Innenhof. Und das kam jetzt, wo sie ja eigentlich am liebsten zurück nach Redgrove und den Ausritten des Ponyclubs gewollt hatte! Sollte sie wirklich ihre Ziele höherstecken? Lily war ein Pony, wie man nur eines unter einer Million findet, das stand fest. Aber Georgia musste genau überlegen, welchen Weg sie selbst einschlagen wollte. Auf ihrem gedankenverlorenen Weg zurück hätte sie fast Jodie über den Haufen gerannt.

»Was war denn los?«, fragte ihre Freundin.

»Das erkläre ich später genauer«, sagte Georgia. »Aber, Jodie, du darfst jetzt nicht gehen! Daisy weiß, was Henry vorhat, und sie hat mit dem Besitzer von Rosefolly gesprochen. Versprich mir einfach, dass du heute mit zum Ausritt mit Daisy und mir kommst, und wir erklären dir alles.«

»Also gut.« Jodie sah verblüfft, aber auch neugierig aus. »Ich habe meine Sachen zwar schon zur Hälfte gepackt, aber meine Mutter arbeitet den ganzen Nachmittag, also kann ich Jackson sowieso nicht vor morgen zurück zu dem Stall bringen, in dem er normalerweise eingestellt ist. Ein Ausritt klingt genau nach dem, was ich im Moment brauche – das ist auf jeden Fall besser, als mir den restlichen Tag Serenas zufriedenes Grinsen anzusehen.«

»Super.« Georgia lachte erleichtert. »Dann um zwei Uhr unter dem Torbogen.«

Es hatte etwas Besonderes und machte gute Laune, an diesem Nachmittag durch das Tor von Rosefolly hinauszureiten. Serena war offensichtlich überzeugt, dass Jodie aufgab und Georgia ihr es über kurz oder lang nachtäte. Ihr unübersehbar selbstzufriedener Gesichtsausdruck, als sie ihr Pony aus dem Stall führte, war fast unerträglich. Glücklicherweise wurde Georgia von Daisy abgelenkt, die ein herrliches graues Vollblut aus einer von Rosefollys luxuriösen Boxen holte.

»Vielen Dank, Amanda«, hörte Georgia sie zu Jodies Mutter sagen, die ihr auf der anderen Seite den Steigbügel hielt, damit Daisy sich sofort leicht in den Sattel schwingen konnte. »Sie macht immer einen so guten Job, deine Mum.« Daisy lächelte Jodie an, die sich sichtlich darüber freute.

Daisys Pferd, Louis, war ein ehemaliges Rennpferd. Daisy hatte den Wallach nach einer Verletzung gekauft und geduldig so lange gepflegt, bis er wieder gesund war. Dafür hatte er sie belohnt, indem er viele wichtige Titel im Dressurreiten und Schaureiten in der Klasse der ehemaligen Rennpferde holte. Er hatte sogar am Wettkampf um den Titel *Pferd des Jahres* teilgenommen. Als Georgia neben dem großen schönen Grauen entlangritt, beschloss sie, dass ab sofort auch Daisy zu den Menschen gehörte, die sie für ihren Umgang mit Pferden bewunderte!

Das Trio plauderte und lachte unbeschwert, und bald gab der Weg den Blick auf die Parklandschaft frei, die Rosefolly umgab. Vereinzelt weidende Schafe vervollständigten das idyllische Bild und – zu Georgias großer Überraschung – auch zahme Rehe, die mit verhaltenem Interesse aufblickten, als die Pferde an ihnen vorbeikamen. Lily lief sehr vorsichtig und hatte großen Respekt vor dem Wild. Georgia musste lachen, als sie sah, wie die Stute ihre hübschen Ohren gespannt nach vorn richtete. Da wurde ihr klar, dass sie die ganze Woche nie so glücklich gewesen war.

Während ihres Ritts erklärte Daisy nun Jodie ganz genau ihre Vermutungen hinsichtlich der Verschwörung von Serena und Henry. Jodie nahm Daisys Worte schweigend auf. Georgia blieb leicht hinter ihnen, konnte aber immer noch hören, was gesprochen wurde.

»Also ist der Job meiner Mutter sicher?«, fragte Jodie wiederholt.

Daisy hatte ihr erklärt, dass es ganz offensichtlich einen Grund dafür geben musste, weshalb Henry unbedingt Serena in die Jugendmannschaft bekommen wollte. Welcher Grund das genau war, das war noch nicht ganz klar, aber Jodie interessierte auch nur, ob Henry wirklich ihre Mutter nicht einfach feuern konnte, wenn Jodie weiter an der Mannschaftsauswahl teilnahm.

Daisy nickte. »Genau so ist es«, versicherte sie entschieden. »Du musst also unbedingt zurück aufs Pferd und den Trainern zeigen, aus welchem Holz du geschnitzt bist!«

Jodie nickte. »Also gut!«, stimmte sie zu. »Wenn du wirklich sicher bist.«

Georgia, die immer noch hinter den beiden herritt, lächelte und tätschelte erleichtert Lilys Hals. Jodie verdiente ihre Chance, vorzureiten, ohne eingeschüchtert zu werden. Was hatte Henry wohl für Gründe, Jodie hinausekeln zu wollen? Doch eigentlich war es ihr fast egal – die Hauptsache war Daisys Garantie, dass Amandas Job trotz Jodies Vorreiten nicht gefährdet war.

Daisy drehte sich im Sattel zu Georgia um, die Zügel in einer Hand, und grinste sie an. »Es gibt ein absolut perfektes Stück flaches Land, etwas weiter vorn«, verkündete sie, und ihre Augen funkelten. »Dort habe ich schon oft mal zur Abwechslung mit Louis trainiert. Was haltet ihr davon, wenn wir auch vor dem morgigen Tag dort noch etwas trainieren?«

Beide Mädchen stimmten begeistert zu.

Abseits von den engen Begrenzungen der Arena reagierte Lily immer deutlich entspannt. Während Daisy auf dem gleichermaßen entspannten Louis in der Mitte eines Zirkels saß, erbrachten die beiden Mädchen unter ihren Anweisungen hervorragende Leistungen. Sowohl Jackson als auch Lily zeigten perfekte Schlangenlinien im Trab und einen ausbalancierten Außengalopp. Georgia lachte glücklich, als Lily in einem absolut unglaublichen starken Galopp dahinflog. Georgia hatte nie gewusst, dass sie so reiten konnte, und war wieder einmal beeindruckt, wie die kleinsten Veränderungen einen so großen Unterschied machen konnten.

Das Licht schwand am späteren Nachmittag zusehends, und die Temperaturen sanken, so dass die drei ihre nun müde werdenden Pferde zurück nach Rosefolly ritten. Dabei verspürte Georgia eine unglaubliche Erleichterung. Es war ziemlich riskant gewesen, Rosefollys Eigentümern zu schreiben, doch ihr Wagnis hatte sich gelohnt. Jetzt mussten sie nur noch reiten wie nie zuvor.

Kapitel zehn

Die positive Energie vom nachmittäglichen Training am Vortag im freien Gelände hielt auch am nächsten Morgen noch an, als Georgia und Jodie beim Frühstück auf Serena und Sebastian trafen. Das Erste, was Georgia bemerkte, war, dass Serena ein Gesicht wie drei Tage Regenwetter machte und Henry nicht auf seinem üblichen Platz gleich vorne im Raum saß. Auf keinen Fall wollte sie nachfragen, wo er war, also war sie erleichtert, als Sebastian sich verblüfft umsah.

»Wo ist denn Henry?«, fragte er zwischen zwei großen Bissen von seinem Marmelade-Toast.

»Er ist heute nicht hier«, antwortete Serena aufgebracht und warf Georgia und Jodie böse Blicke zu.

Georgia zuckte leicht zusammen, ließ sich jedoch nicht einschüchtern. Anscheinend hatten sich die Besitzer von Rosefolly mit ihm in Verbindung gesetzt. Georgia war erleichtert. Ohne Henry konnten Jodie und sie selbst sich entspannen, und besonders Jodie konnte ihre

Reitkünste zeigen, ohne dass Henry sie ständig schlechtmachte. Wenn Daisy bei den Übungen die Aufsicht hatte, waren die Wettbewerbsbedingungen auf jeden Fall fair.

»Ist er denn länger weg?«, fragte Georgia ruhig.

»Er wird zum Entscheidungstag schon wieder zurück sein«, erwiderte Serena eisig, »aber bis dahin werden wir uns mit dieser Niete Daisy abfinden müssen.«

Georgia beschloss, dass es besser war, im Augenblick den Mund zu halten, aber innerlich hätte sie am liebsten gejubelt. Nach dem Frühstück konnte sie es gar nicht erwarten, zum Stall zu kommen, um Lily für den morgendlichen Unterricht zu satteln.

Der Mannschaftstrainer, Richard, kam an diesem Vormittag wieder vorbei, um der Gruppe zuzusehen. Es war das letzte Mal vor dem endgültigen Beurteilungstag – dem Freitag –, dass er hier sein würde. Am Freitag käme er dann mit noch einem anderen Mann des Auswahlgremiums. Georgia wurde klar, dass Serena gehofft hatte, sowohl Jodie als auch Georgia seien bis dahin hinausgedrängt worden, genau wie Ellie. Sie verspürte einen gewissen Triumph bei dem Gedanken, dass dieses verwöhnte Mädchen nicht gewonnen hatte.

Da Daisy die Unterrichtsstunde leitete, bekam jeder eine faire Chance, vorzureiten. Selbstverständlich hatte auch Serena die gleiche Chance, doch nach Georgias

Meinung war es unübersehbar, dass sie viel schlechter als Jodie ritt – jetzt, da Jodie keine Angst mehr hatte zu zeigen, was sie konnte. Alle vier Schüler arbeiteten an Übergängen und Genauigkeit, und bald perfektionierten sie alle ihren Schritt-Galopp-Übergang. Daisy war in ihrer Art zu unterrichten Melanie sehr ähnlich, denn auch sie legte Wert darauf, dass man zuerst die Grundlagen ganz genau beherrschte. Georgia merkte, wie sie selbst Daisys Worte aufsaugte wie ein Schwamm. Ohne sich groß Mühe geben zu müssen, wurden Lily und sie immer besser in ihrer Partnerschaft. Sie fand es toll, Jodie so glücklich zu sehen, die mit ihrem wunderschönen schwarzen Pony strahlend quer durch die Arena tänzelte. Jackson war wirklich etwas Besonderes. Kein Wunder, dass Serena so sauer war, dass sie ihn nicht hatte reiten können. Da Jodie so anmutig ritt, waren sie und Jackson gewiss ernsthafte Anwärter auf den Platz in der Mannschaft.

Zusammengerollt auf Lilys Decke streckte Georgia später vorsichtig ihre steifen Glieder. All ihre Muskeln schmerzten, und sie rieb sich ihre Waden, während sie Daniels Nummer wählte. Sie vermisste ihn wirklich sehr und verspürte einen leisen Anfall von Heimweh. Auf dem Handy erreichte sie ihn nicht, und vorwurfsvoll und enttäuscht starrte sie auf ihr Display. Schließlich entschloss sie sich, bei ihm zu Hause auf dem Festnetz anzurufen, was sie sonst möglichst vermied, und kreuzte die Finger in der Hoffnung, dass er selbst gleich abnähme. Doch stattdessen ging Ben, Daniels älterer Bruder, an den Apparat und meldete sich mit einem fröhlichen Hallo. »Hallo ... ich bin's, Georgia«, sagte sie schüchtern, auch wenn sie selbst nicht wusste, warum sie eigentlich schüchtern war – Ben und Mr Coleman waren immer sehr nett zu ihr, und seit Georgia die Schafherde der Farm gerettet hatte, noch viel mehr!

»Hallo Georgia!«, grüßte Ben gutgelaunt. »Wie geht es Lily? Ist sie schon wieder zum nächsten Wettkampf unterwegs?«

Georgia lächelte. »Noch nicht ganz«, sagte sie, und Ben lachte. Nachdem sie ein paar Sätze über die Farm und die Ponys ausgetauscht hatten, fragte Georgia, ob Daniel da sei.

»Nein ... aber lass mich mal überlegen.« Georgia meinte praktisch vor sich zu sehen, wie Ben den Kopf schüttelte, während er fortfuhr: »Ich glaube, er hilft Dad beim Melken.«

Georgia blickte auf ihre Uhr; es war eigentlich etwas früh für das nachmittägliche Melken. »Okay, danke«, sagte sie und war leicht enttäuscht. Sie hatte wirklich gehofft, mit Daniel reden und ihm erzählen zu können, welche Gedanken sie sich hinsichtlich Lily und des Entscheidungstags machte. Natürlich hatte sie auch auf seinen Rat gehofft. »Richte ihm doch bitte aus, dass ich angerufen habe.«

Jetzt drehte sie sich wieder zu Lily, legte ihre Arme um den goldfarbenen Hals und genoss das friedliche Geräusch, das die kleine Stute beim Kauen von sich gab. Sie zuckten beide zusammen, als gleich darauf ihr Handy klingelte. Georgia zog es heraus, warf einen Blick auf das Display und lächelte. Daniel!

»Hallo Georgia!« Daniel klang leicht außer Atem, und Georgia konnte hören, wie anscheinend der Wind um ihn herum pfiff. »Tut mir leid, dass ich deinen Anruf verpasst habe. Ich war zum Laufen draußen.«

»Ach so.« Georgia runzelte die Stirn. »Gerade habe ich noch mit Ben gesprochen, und er sagte, du hilfst deinem Vater beim Melken.«

Daniel lachte nach kurzem Zögern.

»Ach, da hat er wahrscheinlich etwas missverstanden. Keine Ahnung«, entgegnete er fröhlich.

Georgia hob eine Augenbraue – nicht, dass Daniel das sehen konnte. Sie wollte ja nicht misstrauisch erscheinen, aber seit wann ging Daniel denn laufen? Andererseits – vielleicht fing er eben an, andere Sachen zu machen, wenn Georgia nicht da war ... wie zum Beispiel Fußball spielen, laufen und vielleicht sogar Becky Hanbury treffen, die immer noch total hinter ihm her war.

Nachdem sie sich verabschiedet hatten, war Georgia irgendwie leicht beunruhigt. Gott sei Dank hatte sie Lily, die aufgehört hatte, sich Heu aus dem Netz zu holen, und stattdessen ihren Kopf auf Georgias Schulter legte und dadurch eine Spur weißen Schaums hinterließ. Georgia umarmte die kleine Stute noch inniger. Nur noch ein paar Tage, dann wäre sie wieder zu Hause. Sie musste einfach nur aufhören, sich bis dahin von ihrer übermächtigen Phantasie verrückt machen zu lassen.

Aber leider wurden ihre Befürchtungen an diesem Abend noch einmal geschürt. Bei ihrem Telefonat mit Emma erwähnte sie, dass sie Daniel nicht gleich erreicht hatte.

»Klar«, sagte Emma fröhlich. »Er war mit Will unterwegs.«

»Mit Will?« Jetzt war Georgia endgültig verwirrt. »Ben sagte, er sei beim Melken, Daniel sagte, er sei gelaufen … Em, was ist denn los?«

»Nichts, ehrlich, Georgia«, versuchte Emma sofort, ihre Freundin zu beruhigen.

»Du würdest es mir doch sagen, oder?«, sagte Georgia. »Du würdest es mir doch erzählen, wenn es etwas gäbe, was ich wissen sollte?«

»Aber klar doch!«, erwiderte Emma sofort und klang leicht irritiert. Ganz offensichtlich wollte sie nicht weiter über Daniel reden. »Aber egal jetzt, ich muss dir unbedingt erzählen, wie es mit Will im Kino war. Also, er sagte …«

Während Emma von ihrem Date und danach von den Alltäglichkeiten aus Redgrove erzählte, runzelte Georgia die Stirn. Emma war ihre beste Freundin. Sie würde es ihr doch sagen, wenn etwas mit Daniel nicht stimmte, oder?

Kapitel elf

Nach einer schlaflosen Nacht, in der sich Georgia sowohl über die Situation zu Hause als auch über den Beurteilungstag Sorgen gemacht hatte, gab sie ihr Bestes, um jegliche Gedanken an Daniels merkwürdiges Benehmen zu verdrängen. Die vier Reitschüler hatten nur noch einen Tag fürs Training, und die Luft war richtiggehend aufgeladen vor Spannung. Wer würde ausgewählt werden? Serena sagte während des ganzen Frühstücks kein Wort und schaute beleidigt in ihre Müslischüssel, doch Sebastian war redselig und plauderte mit Georgia und Jodie.

»Jackson macht sich richtig gut«, er lächelte Jodie an, die errötete und zusammenzuckte, als Serena ihr einen bösen Blick zuwarf.

»Er ist viel zu unzuverlässig«, warf Serena ein.

»Ach, ich weiß nicht«, meinte Sebastian und streckte sich. »Für mich sieht es so aus, als könnte er echt Spitze werden. Du reitest aber auch super, Jodie.« Er lächelte

Jodie an, und seine weißen, makellosen Zähne kamen dabei besonders gut zur Geltung. Jodies Wangen liefen knallrot an, was Georgia insgeheim sehr niedlich fand. Vielleicht hatte inzwischen auch Sebastian erkannt, wie Serena in Wirklichkeit war.

Nach dem Frühstück liefen Georgia und Jodie untergehakt zum Stall. Georgia hatte das Gefühl, in Jodie nun eine Freundin fürs Leben gefunden zu haben, und war froh, dass sie bis zum Entscheidungstag blieb. Wenn Jodie dann so ritt, wie sie es gestern getan hatte, hatte sie eine echt gute Chance.

Und die hast du auch, hörte sie eine kleine Stimme in ihrem Hinterkopf. Es war so verwirrend. Je mehr Georgia zu hören bekam, wie gut Lily war, desto mehr fragte sie sich, ob sie sich wirklich um einen Mannschaftsplatz bemühen sollte. Gleichzeitig vermisste sie Redgrove – seit dem Telefonat mit Emma gestern Abend noch viel mehr. Sie hatte die Unterrichtsstunden auf Rosefolly genossen, aber am allerbesten hatte ihr der spontane Ausritt gefallen. Olympia und die Teilnahme beim *Pferd des Jahres* waren unglaublich toll gewesen, aber hauptsächlich deshalb, weil sie hatte zeigen können, wie weit Lily sich entwickelt hatte. Ihr Vertrauen zu gewinnen, ihr etwas beizubringen und ihre Freundin zu werden, das war für Georgia das Wichtigste, seit Lily in ihr Leben getreten war, und die Rosetten von Olympia hatten das einfach nur bewiesen. Wäre Lily denn besser dran mit jemandem, der ihr ganzes Potential aus ihr herausholen und ihr den denkbar größten Erfolg bescheren würde? Georgia wusste es einfach nicht.

In Gedanken versunken machte sie sich daran, Lily für die heutigen Unterrichtsstunden zu striegeln. Egal, wie oft sie das tat, Georgia liebte es immer noch, Lily zu umsorgen, und nahm sich stets genügend Zeit dafür. Sorgfältig striegelte sie auch heute Lilys goldenes Fell und kämmte ihre elfenbeinfarbene Mähne aus. Ein Tupfer Huföl rundete das Ganze noch ab.

»Bildhübsch!«, meinte Georgia lächelnd und gab dem Palomino einen Kuss auf die Nase. Gerade, als sie den Kinnriemen ihrer Reitkappe festziehen wollte, hörte sie Jodies panikerfüllte Stimme von nebenan.

»Georgia?« Jodies Stimme klang schrill.

Georgia tätschelte Lily und band sie noch einmal fest. »Georgia, irgendetwas stimmt mit Jackson nicht!« Jodie klang den Tränen nah.

Georgia beugte sich über die Stalltür und musterte den schönen schwarzen Wallach. Jackson sah so gesund aus wie immer, aber Jodie hatte recht, er verlagerte sein Gewicht auf eine Seite, um einen Fuß zu schonen.

»Ich habe seine Hufe ausgekratzt«, erklärte Jodie, »aber er schien an diesem sehr empfindlich zu sein.« Sie deutete auf den Huf.

»Hast du ihn schon vortraben lassen?«, fragte Georgia vernünftigerweise.

Jodie schüttelte den Kopf. »Nein«, antwortete sie bedrückt. »Aber da kommt Daisy. Vielleicht kann sie ihn begutachten, während er sich bewegt.«

Die Reitlehrerin kam zu den Mädchen in den Stall und stimmte ihrer Einschätzung zu, dass Jackson seinen Vorderfuß schonte. »Lass ihn mal vortraben«, ordnete sie an, und nachdem Jodie Jackson noch einmal gestreichelt hatte, führt sie den schwarzen Wallach hinaus in den frostigen Hof. Daisy stand nach vorne gebeugt da, die Hände auf den Knien abgestützt und beobachtete Jackson sorgfältig, während Jodie ihn anfeuerte, auf Daisy zuzutraben. Bei dem leichten Nicken des Kopfes und der Unregelmäßigkeit im Gang verzog Georgia unwillkürlich das Gesicht. Das Pony lahmte definitiv. »Tja, ich sehe keine Schwellung, und er hat auch kein Fieber. Ich vermute aber auch, dass es sein Fuß ist«, meinte Daisy, während sie mit der Hand über Jacksons schlanke Beine fuhr. »Der Tierarzt kommt heute früh, um sich eines der Fohlen anzusehen. Ich werde ihn bitten, vorher bei dir vorbeizuschauen.«

Jodie nickte düster. Georgia litt mit ihr, während sie Lily aufzäumte und betete, dass nichts Schlimmes mit Jackson war.

Der Tierarzt, ein sportlich-schick gekleideter Mann in

einer dunkelblauen Weste und senffarbenen Cordhosen, sah sich schon bald darauf Jackson an.

Er hob seinen Fuß und tastete ihn vorsichtig ab, suchte nach irgendwelchen wunden Stellen. Schließlich musste er die empfindliche Stelle getroffen haben, denn Jackson zuckte sichtlich zusammen.

»Die Sohle ist gereizt, da bin ich ziemlich sicher«, erklärte der Tierarzt. »Ein paar Tage Ruhe sollten aber ausreichen.«

Jodie war offensichtlich erleichtert, dass Jackson nichts Ernsthaftes fehlte, aber ihr Gesicht zeigte dennoch ihre Enttäuschung. Ihre Chance auf einen Platz in der Mannschaft wäre dahin, wenn sie am Entscheidungstag nicht reiten konnte. Sie biss sich auf die Lippen und legte eine Hand an Jacksons Hals, wie um Halt zu finden. »Aber wie konnte das geschehen?«, flüsterte sie bedrückt. »Gestern Abend ging es ihm noch gut, und seitdem war er nur im Stall.«

»Tja, Pferde können sich immer mal auch selbst verletzen.« Der Tierarzt zuckte mit den Schultern und schloss seinen Behandlungskoffer. »Vielleicht schaust du dir die Einstreu noch einmal gründlich an, nur zur Sicherheit. In der Zwischenzeit soll er in der Box bleiben und sich ausruhen, er bekommt einen warmen Wickel, und ich verschreibe dem armen Kerl ein Schmerzmittel. In ein paar Tagen ist er wieder völlig hergestellt.«

Sobald der Tierarzt weiter zu dem Fohlen gegangen war, begann Jodie wie von Sinnen in Jacksons tiefem Bett aus Einstreu zu wühlen.

»Was machst du denn?«, fragte Georgia neugierig.

»Du hast doch gehört, was er gesagt hat«, antwortete Jodie und durchsuchte sorgfältig die Einstreu. »Ich *weiß*, dass es Jackson gestern Abend gutging.« Sie schaufelte die Einstreu mit den Händen zur Seite, setzte sich plötzlich in der Hocke auf ihren Waden zurück und hielt etwas Kleines zwischen den Fingern. »Da haben wir es ja!«, sagte sie düster. »Wie ist das denn hier hereingekommen?« Sie hielt das Objekt hoch, damit Georgia es anschauen konnte. Es war ein kleines Steinchen, beige und weiß mit glitzernden dunkelgrauen Stellen. Die scharfen Kanten ließen Georgia unwillkürlich zusammenzucken, als ihr klarwurde, was es war. »Ein Stück Splitt!«, sagte Jodie düster und musterte es genau. »Im Einstreu meines Ponys. Und jetzt lahmt Jackson. Georgia, das ist bestimmt kein Zufall!«

Kapitel zwölf

»Ach, was für ein Jammer!« Serena warf ihr dunkles Haar über ihre Schulter, während sie ihren braunen Wallach am Stall vorbeiführte. Er war im Block nebenan untergebracht, doch sie musste auf dem Weg nach draußen an Georgia und Jodie vorbei. »Daisy hat mir erzählt, was passiert ist«, sagte sie und klang absolut unaufrichtig. »Du solltest vielleicht an deiner Technik beim Ausmisten arbeiten!«

Georgia hätte schwören können, dass Serena sich ein Grinsen verkniff, während sie ihre Steigbügel nach unten holte, und konnte sich nicht mehr beherrschen. »Das warst du, stimmt's?«, zischte sie Serena zu, die daraufhin spöttisch eine Augenbraue hob.

»Tsstss«, tadelte Serena sie. »Sei lieber vorsichtig, wen du da einfach so beschuldigst, Georgia.« Ihre Augen wurden schmal, sie schwang sich in den Sattel ihres Ponys und lenkte es in Richtung der Außenarena.

»Tut mir leid, Jodie«, entschuldigte sich Georgia und

sah zu Jodie, die ihren Kopf in Jacksons Mähne vergrub. »Ich hätte nichts sagen sollen.«

Georgia war sich bewusst, dass sie nicht so schnell die Beherrschung hätte verlieren sollen. Es war schließlich möglich, dass der Stein tatsächlich zufällig in die Box geraten war. Diese Steinchen fanden sich auf vielen Wegen. Dennoch konnte nichts die Tatsache ändern, dass der arme Jackson lahmte und die nächsten Tage nicht geritten werden durfte. Für Jodie bedeutete das, dass sie ihre Hoffnung auf einen Platz in der Jugendmannschaft begraben konnte. Die Regeln waren klar: Die Reiter mussten am Beurteilungstag mit Pferd antreten. Georgia hatte unendliches Mitgefühl mit Jodie und führte Lily traurig aus dem Stall.

»Ich reite auch nicht.« Sie blieb stehen und sah zurück zu ihrer Freundin, die niedergeschlagen neben Jackson stand. »Ich bleibe bei dir, wenn du möchtest.«

Aber Jodie schüttelte entschieden den Kopf und bestand darauf, dass Georgia an der Stunde teilnahm. »Ich komme schon klar«, sagte sie. »Mum arbeitet heute zwar lange, trotzdem kann sie Jackson heute Abend nach Hause bringen. Ich denke, das war es dann.« Sie zögerte. »Aber Georgia, du musst jetzt für uns beide reiten. Wir dürfen Serena nicht obendrein noch gewinnen lassen!«

Ohne Jodie in der Stunde stellte Georgia fest, dass ihre Gedanken immer wieder abschweiften. Sie gab sich Mühe, sich auf Daisys Unterricht zu konzentrieren, aber sie konnte nicht anders, als immer wieder an die arme Jodie zu denken. Auch wenn Pferde sich manchmal in den ungünstigsten Momenten versehentlich selbst verletzten, so dass sie lahmten, war Georgia sich sicher, dass dies kein Zufall war.

Als sie nun Lily zu einem starken Trab antrieb, kam ihr auf einmal eine wichtige Erkenntnis. Egal, wie viele Leute ihr sagten, dass Lily es noch weit bringen konnte, Georgia wusste, dass sie einfach nicht die Entschlossenheit und den Antrieb von Jodie hatte. Sie strebte schlichtweg nicht nach diesem Erfolg. Sie wäre glücklicher, wenn sie nur mit Will übers freie Gelände galoppieren oder mit Emma entlang der Waldwege im Schritt gehen konnte. Jodie war anders. Nicht nur, dass sie eine phantastische Reiterin war, die ihr Pony liebte, sie hatte auch die Tatkraft und das Talent – die Voraussetzungen, die Siegerinnen ausmachten. Georgia wusste, dass Jodie es weit bringen konnte, wenn sie nur die Chance bekam.

Als sie Lily nach der Unterrichtsstunde abkühlen ließ, begann sich ein Plan in ihrem Hinterkopf zu formen. Doch zuerst musste sie mit dem einen Menschen sprechen, der immer wusste, was das Beste für sie und Lily war.

Manchmal gab es seltsame Zufälle im Leben, und als Georgia sich zum Mittagessen auf ihren Platz setzte, kam eine der Pflegerinnen mit einer Nachricht für sie. Georgia folgte ihr ins Büro und zu ihrer völligen Verblüffung sah sie Melanie und Sophie dort auf sie warten, beide grinsten von einem Ohr zum anderen.

»Mel!« Georgia umarmte beide nacheinander ganz fest und drehte sich dann wieder zu Melanie. »Was macht ihr denn hier?«, fragte sie lachend.

Melanie erklärte, dass sie auf dem Weg war, Sophie nach einer Projektwoche an der Uni abzusetzen, doch da sie so nahe an Rosefolly vorbeikamen, wollten sie einfach mal vorbeischauen und sehen, wie es Georgia und Lily ging.

»Wow, das ist schon etwas Besonderes hier, oder?« Sophie stieß einen anerkennenden Piff aus und blickte sich um.

Georgia musste zugeben, dass Rosefolly im winterlichen Sonnenschein wirklich beeindruckend aussah. »Ja, es ist wunderschön«, stimmte sie zu. »Und es ist ... interessant.«

»Gehen wir zu Lily, damit wir sie auch begrüßen können!« Melanie lächelte Georgia an und spürte, dass ihr etwas auf dem Herzen lag. »Dabei kannst du mir alles über deinen Aufenthalt erzählen.«

»Gern«, stimmte Georgia zu, die sich immer noch

unglaublich freute, die beiden zu sehen, aber dennoch etwas nervös war, wenn sie daran dachte, was sie Melanie fragen wollte.

Als sie um die Ecke zu Lilys Box kamen, freute sich das Palomino offensichtlich sehr, Sophie und Melanie zu sehen. Es wieherte und nickte nachdrücklich mit dem Kopf, als es sie erkannte.

»Oh, sie sieht großartig aus, Georgia.« Melanie strich über Lilys seidige Mähne, tätschelte ihren starken Hals. »Wie stehen denn deine Chancen, deiner Meinung nach?«

Georgia schluckte. Nachdem sie damals bei den Vorbereitungen auf den Wettbewerb »Pferd des Jahres« ihre Nervosität verschwiegen hatte, wusste sie, dass sie jetzt jedenfalls ganz ehrlich sein musste. Also versuchte sie zu erklären, was sie wirklich empfand – dass sie Lily nicht weiter antreiben wollte und einfach nicht diesen leidenschaftlichen Ehrgeiz hatte, noch weiter zu kommen. Das nun laut auszusprechen, bekräftigte ihren Entschluss auf gewisse Weise noch.

»Es ist so: Ich fühle mich jetzt schon wie das glücklichste Mädchen auf der ganzen Welt, weil ich mich um Lily kümmern darf. Ich möchte einfach nur die Zeit mit ihr genießen. Klar möchte ich ab und zu mal vielleicht bei einem Wettbewerb mitmachen, sicher auch in der Mannschaft des Ponyclubs. Aber ich finde, Lily muss inzwischen nichts mehr beweisen.« Georgia blickte hoch und sah Sophie lächeln, doch Melanie wirkte nachdenklich. »Bist du jetzt enttäuscht?«, fragte Georgia leise.

»Nun, ich wäre nicht aufrichtig, wenn ich das völlige Gegenteil behaupten würde«, antwortete Melanie vorsichtig. »Aber, Georgia, es ist deine Entscheidung. Du bist diejenige, die sie reitet. Wenn du diesen Weg nicht weitergehen willst, ist das deine Entscheidung.« Sie tätschelte Lilys goldfarbenen Hals. »Ich sag dir was: Wir werden über das Ganze ausführlich reden, wenn du wieder zurück in Redgrove bist, ja?«

»Okay«, antwortete Georgia. Auch wenn sie nicht genau wusste, was Melanie meinte, stimmte sie jedenfalls zu. Trotzdem gab es noch etwas, was sie Melanie fragen wollte. Der Plan in ihrem Hinterkopf hatte sich weiter ausgeformt. Mel und Sophie hörten nun zu, wie Georgia die missliche Lage Jodies erklärte, dass sie nämlich am Entscheidungstag kein Pony zum Vorreiten hatte. Georgia hatte heute Morgen nach dem Unterricht die Regeln mehrmals durchgelesen. Es war nicht verboten, dass ein Kandidat auf einem geliehenen Pony vorritt, und er durfte dennoch später mit dem eigenen Pony weitermachen.

»Also möchtest du deinen Platz am Entscheidungstag aufgeben«, fragte Sophie leise, »und diese Jodie auf Lily reiten lassen?«

Georgia nickte und zuckte mit den Schultern. »Ich weiß, ihr denkt sicher, ich bin verrückt«, sagte sie mit einem kleinen Lächeln. »Aber Jodie verdient diese Chance wirklich.«

»Und wie geht es dir dabei, wenn jemand anders Lily reitet?«, fragte Melanie mit einem Stirnrunzeln.

»Ich würde es nicht vorschlagen, wenn ich ihr nicht vertrauen würde«, erwiderte Georgia ehrlich. »Sie ist eine der besten Reiterinnen, die ich je gesehen habe. Aber es ist natürlich deine Entscheidung, Melanie. Du bist ihre offizielle Eigentümerin.«

Melanie drehte sich zu Lily und tätschelte die kleine Stute mit nachdenklichem Gesicht. »Nun, ich habe deinem Urteil immer vertraut, Georgia«, sagte sie schließlich. »Wenn du meinst, dass es das Richtige ist, dann stehe ich hinter dir.« Sie blickte auf ihre Uhr. »Was meinst du, Sophie?«, fragte sie ihre Tochter. »Haben wir noch ein paar Stunden, um bei dem Unterricht heute Nachmittag zuzusehen?«

»Auf jeden Fall«, meinte Sophie begeistert. »Ich wollte sowieso nur in die Bibliothek … aber ich verspreche natürlich, dass ich das ein andermal nachhole, Mum!«, fügte sie schnell hinzu, als ihre Mutter eine Augenbraue hob.

»Super!«, sagte Georgia. Sie hoffte, dass Melanie und Sophie, sobald sie Jodie reiten gesehen hatten, ihr zustimmten, dass sie das Richtige tat. Einen kurzen Moment zögerte sie. Wenn sie Jodie morgen am Entscheidungstag reiten ließ, gab es kein Zurück mehr. Doch Georgia fühlte sich gut mit ihrer Entscheidung, Lily nicht weiter zu noch größeren Erfolgen bringen zu wollen. Alles, was Georgia sich jemals gewünscht hatte, war ihr ganz eigenes Pony, und Lily hatte diesen Traum erfüllt und sogar vieles mehr.

Melanie legte eine Hand auf ihren Arm, denn sie spürte Georgias Zögern. »Bist du wirklich sicher? Dir ist klar, was du damit aufgibst, oder?«, fragte sie leise in ernstem Ton.

Georgia nickte nachdrücklich. Sie war sich nie einer Sache sicherer gewesen. Nun musste sie nur noch Jodie überzeugen!

Kapitel dreizehn

»Lily?« Jodie war genauso überrascht, wie Georgia vermutet hatte, als sie ihre Freundin mit Melanie und Sophie zusammen in der großen Sattelkammer aufsuchte, wo sie gerade mit ihrer Mutter eine Tasse Tee trank. »Du willst, dass ich Lily reite?«, wiederholte sie langsam.

»Ja«, sagte Georgia und nickte nachdrücklich mit dem Kopf, »aber natürlich nur, wenn du es auch willst.«

Jodie starrte sie verblüfft an. »Aber wenn ich reite ...«, sagte sie schließlich, »dann bedeutet das, dass du deine Chance aufgibst?«

»Stimmt«, bestätigte Georgia mit einem Lächeln. »Ich habe ganz viel darüber nachgedacht, und ich möchte diesen Weg nach weiter oben mit Lily nicht einschlagen. Ich mag das Schaureiten, wirklich, aber alles, was ich eigentlich immer wollte, war ein eigenes Pony, und das ist Lily.« Sie zuckte mit den Schultern, während sie fortfuhr. »Ich hatte nie vor, bei Olympia zu reiten, es ist einfach so passiert. Ehrlich, am Allerliebsten würde ich mit Lily morgen nach Hause fahren und dort einfach mit ihr ausreiten.«

»Wow.« Es war Jodie am Gesicht abzulesen, dass sie immer noch versuchte, Georgias Angebot zu verstehen.

Die beiden Mädchen saßen schweigend einen Moment da, und Jodie drehte die Tasse in ihren Händen, bevor ihr Gesicht sich zu einem breiten Lächeln verzog und sie aufsprang, um Georgia zu umarmen. »Na ja, also wenn du wirklich ganz sicher bist, dann wäre es mir eine Ehre«, sagte sie lachend. »Vielen, vielen Dank!«

Sobald Jodie sich einverstanden erklärt hatte, Lily zu reiten, wurden sofort alle entsprechenden Vorbereitungen getroffen. Melanie und Sophie blieben noch bis zum Nachmittag auf Rosefolly. Georgia freute sich, dass sie hier bei ihr waren, aber sie fragte sich immer noch, was Melanie wirklich davon hielt, dass Georgia nicht am entscheidenden Vorreiten teilnahm. Was, wenn Melanie fand, dass Georgia undankbar war – nach all der Unterstützung, die sie auf Redgrove Farm bekommen hatte? Lily hatte ein so unglaubliches Talent, und da kam Georgia und sagte einfach, dass sie am liebsten mit ihr nach Hause und nur zum Ausreiten oder zum Ponyclub wollte!

Als Daisy kam, um Jodie und Lily zu einer letzten Unterrichtsstunde abzuholen, berichtete Sophie inzwischen Georgia, was zu Hause so passiert war, und wie zum Beispiel Callie kürzlich in die Sattelkammer ausgebüchst war. Darüber musste Georgia laut lachen. Sie vermisste wirklich alles und jeden zu Hause sehr.

»War Daniel denn auch öfter da?« Georgia versuchte, so beiläufig wie möglich zu fragen.

»Daniel?«

Bildete Georgia sich das nur ein, oder sah Sophie einen Moment lang aufgeschreckt aus? »Ähm, ich glaube nicht«, sagte Sophie schließlich. »Ich habe ihn jedenfalls kaum gesehen.« Sie verzog die Stirn, als versuche sie sich zu erinnern, ob sie Daniel in den letzten Tagen gesehen hätte.

Georgia hatte auf einmal ein ganz ungutes Gefühl. Daniel hatte ihr erzählt, er hätte viel mit Will unternommen, und Emma hatte das bestätigt. Ben hatte erklärt, Daniel hätte auf der Farm gearbeitet, und jetzt sagte Sophie, sie hätte ihn gar nicht gesehen! Irgendetwas stimmte hier einfach nicht. Aber es hatte keinen Sinn, ihn anzurufen oder eine Nachricht zu schreiben; genauso gut konnte sie nun auch noch warten, bis sie zu Hause war, um es herauszufinden.

Sophie wechselte schnell das Thema, was Georgias Befürchtungen noch verstärkte: Daniel hatte auf jeden Fall irgendetwas zu verbergen!

Nach einem kurzen Mittagessen mit Mel und Sophie lehnte sich Georgia gegen die Abzäunung um die Arena und genoss die schwachen Sonnenstrahlen, die ihr Gesicht wärmten. Zumindest hatte Melanie sehr zufrieden gewirkt, als sie Jodie auf Lily reiten gesehen hatte, aber es war dennoch schwer einzuschätzen, was sie wirklich über Georgias wichtige Entscheidung dachte. Für Georgia war es sehr merkwürdig gewesen, Lily wie immer zu striegeln und aufzuzäumen, dann aber die Zügel jemand anders zu reichen.

Zum Glück war Lily an Jodies sanfte Stimme gewöhnt, da sie die ganze Woche in der Box neben Jackson untergebracht war. Und so hatte sie ruhig dagestanden, als Jodie sich federleicht in den Sattel schwang und die Steigbügel anpasste – schließlich waren ihre Beine viel länger als Georgias.

Sie trabte mit Lily los, und Georgia merkte, wie sich ein Kloß in ihrem Hals bildete. Jodie ritt so wunderbar – die beiden gaben ein perfektes Bild ab. Für den Bruchteil einer Sekunde fragte sich Georgia, ob Lily wohl mit jemand anderem besser dran wäre – jemandem, der sie noch weiter bringen würde. Tief in ihrem Innersten wusste sie jedoch, dass Lily das Leben auf Redgrove genauso sehr liebte wie sie selbst. Ponys brauchten keinen Ruhm und keinen Applaus, um glücklich zu sein. Ihnen war es egal, ob sie bei großen Wettkämpfen an die

Mittellinie trabten oder einfach nur einmal um das Dorf. Für sie war die Hauptsache, dass sie geliebt wurden und man sich gut um sie kümmerte.

Während Georgia zusah, wurde ihr bewusst, dass sie die Unterrichtsstunde viel mehr genoss, als sie gedacht hatte. Es war fast so etwas wie eine Belohnung, Lily bei einem starken Trab mit einer anderen Reiterin zuzusehen und zu wissen, dass es Georgias eigene harte Arbeit gewesen war, die sie so weit gebracht hatte.

Sie war so fasziniert davon, der kleinen Stute zuzusehen, dass sie den wütenden Gesichtsausdruck von Serena anfänglich gar nicht bemerkte. Serena bohrte ihre Hacken in die Seiten ihres schönen Ponys, offensichtlich frustriert, dass Jodie ihr Konkurrenz machte. Als Georgia dann doch noch Serenas Blick von der anderen Seite der Arena auffing, war es, als sei die Sonne hinter Wolken verschwunden. Serena warf ihr einen so hasserfüllten Blick zu, dass Georgia schauderte. Jodie und Lily bemerkten das vor lauter Glück über die gelungene Zusammenarbeit gar nicht, doch Georgia hatte ein sehr ungutes Gefühl …

»Georgia, wow! Sie ist toll, einfach super!« Jodie sprudelte vor Begeisterung, als sie das Palomino vor dem Stall abzäumte. Einen Moment lang, als Jackson seinen schönen schwarzen Kopf über die Tür der Box schob und seine junge Herrin voller Interesse musterte, glitt ein Ausdruck des Bedauerns über Jodies Gesicht. Sie streckte den Arm aus, um Jackson kurz zu streicheln. »Auch wenn ich wünschte, ich könnte auf dir reiten.«

»Ich kann mir vorstellen, wie es dir geht.« Georgia verstand das tatsächlich sehr gut. Ihr würde es genauso gehen, wenn es andersherum wäre. »Aber der Trainer hat Jackson ja unter der Woche schon mit dir gesehen, und seine bisherigen Siege in vielen Wettbewerben sprechen für sich«, sagte sie. »Jetzt beurteilen sie hauptsächlich, wie du reitest. Wenn du diesen Platz in der Mannschaft bekommst, dann kannst du von da an sowieso überall auf Jackson reiten.«

Jodie lächelte. »Stimmt. Danke, Georgia!«

Die beiden Mädchen schwiegen einen Moment, während Jodie nachdenklich Jacksons Nase streichelte, dann fiel ihr etwas ein, und sie lächelte. »Ach, das habe ich dir ganz vergessen zu erzählen: Meine Mutter sagt, ich darf heute hier übernachten, weil es die letzte Nacht ist und überhaupt. Das heißt, dass wir dafür sorgen können, dass Lily morgen einfach super aussieht!«

»Toll!« Georgia freute sich sehr. Da nur noch Serena und Sebastian zur Gesellschaft hier waren, wäre es schön, eine Freundin bei sich zu haben. So wie Serena sie in der Arena angesehen hatte, wollte Georgia ihr so weit wie möglich aus dem Wege gehen.

Nachdem Melanie und ihre Tochter Rosefolly verlassen hatten, verging auch der restliche Abend noch recht fröhlich. Das Einzige, was Georgia beunruhigte, war die Unsicherheit, wie Melanie wohl über das alles dachte. Schließlich war Melanie ja Lilys Eigentümerin. Besorgt fragte Georgia sich immer wieder, ob die Chefin von Redgrove vielleicht doch stärker enttäuscht von ihr war, als sie es sich hatte anmerken lassen.

Georgia war dankbar, dass Jodie bei ihr war, als sie Serena, Sebastian und Daisy zum letzten gemeinsamen Essen vor dem Entscheidungstag traf. Zusammen hatten die beiden Mädchen Lily noch einmal in dem luxuriösen Waschraum im Hauptgebäude der Stallungen gebadet. Amanda, die sich sehr freute, dass Jodie die Chance zum Vorreiten bekam, hatte ihnen dabei geholfen.

»Das ist ja ein richtiger Wellnessbereich!«, hatte Georgia erstaunt ausgerufen, als sie die Warmwasser-Dusche, die UV-Lampen zum Trocknen und die Massagevorrichtungen für müde Ponyrücken begutachtet hatte.

Lily hatte den Luxus genossen, denn sie kannte lediglich den Wasserschlauch in Redgrove, den Georgia nur im Sommer einsetzte, wenn es warm genug war. Jetzt, als sie unter der Wärmelampe stand, schimmerte Lilys goldenes Fell, und als ihre Mähne trocknete, glichen ihre Haarsträhnen feinster Seide. Auch wenn das morgen kein Schaureiten war, liebte Georgia es, Lilys Schönheit zur Geltung zu bringen.

Jetzt, nachdem Lily es wieder in ihrer Box gemütlich hatte, sich Heu aus ihrem Netz holte und mit einer frischen Wolldecke versehen war, wollte Georgia vor dem Essen noch ein paar Minuten mit dem Palomino verbringen. Schweigend stand sie da, die Arme um Lilys Hals gelegt, und hoffte, ihre positiven Gedanken erreichten Lily irgendwie. »Jodie wird sich morgen voll und ganz auf dich verlassen, meine Süße«, flüsterte sie. »Gib dein Bestes für mich.«

Kapitel vierzehn

Das Abendessen stellte sich als recht kurzweilig heraus, denn sowohl Daisy als auch Sebastian waren richtig gutgelaunt. Serena war die Einzige, die die Stimmung trübte. Sie sprach auch mit Sebastian kaum, und wenn jemand versuchte, sie in die Unterhaltung mit einzubeziehen, waren ihre Antworten sehr einsilbig. Es war klar, dass sie immer noch wütend darüber war, dass Jodie auf Lily vorreiten würde. Je weiter der Abend fortschritt, desto mehr Sorgen machte sich Georgia. Sie war immer noch davon überzeugt, dass Serena den spitzen Stein in Jacksons Box gelegt hatte. Würde sie auch versuchen, Lily etwas anzutun, um ihre eigenen Chancen zu verbessern? Georgia merkte, wie sie schauderte, als Serena aufstand und wegstolzierte. Eigentlich wollte Georgia ihr Palomino-Pony nicht aus den Augen lassen, nur für den Fall, dass ihr Verdacht sich bestätigte.

Jodie hörte schweigend zu, als Georgia ihr flüsternd von ihrer Idee erzählte, Lily an diesem Abend noch zu bewachen. »Du denkst vielleicht, ich bin verrückt.« Georgia strich sich das Haar aus dem Gesicht. »Aber ich werde Lily heute Nacht nicht allein lassen.«

»Okay«, sagte Jodie langsam und nachdenklich. »Aber wenn du draußen bei Lily übernachtest, dann tu ich das auch!«

Georgia lächelte ihre neue Freundin dankbar an, erleichtert über ihr Verständnis. Wenn Georgia zurückdachte, dann hatte sie mittlerweile schon einige denkwürdige Abende im Stall bei Lily verbracht: von der ersten Nacht, in der sie damals in Redgrove angekommen war, über die Nacht, in der Lilys Fohlen Secret zur Welt gekommen war, bis zum Weihnachtsabend, als das Palomino Daniels mutterlose Schafe behütet hatte. Georgia würde keinerlei Risiko eingehen, wenn es um Lily ging. Das kleine Palomino war ihr viel zu kostbar!

Nachdem das Geschirr und die Reste des Abendessens weggeräumt worden waren, stand es den Schülern frei, zu gehen und zu kommen, wie sie wollten, solange sie innerhalb des Anwesens blieben und nicht nach neun Uhr abends im Hof waren. Normalerweise striegelte Georgia das Palomino noch einmal, oder sie ging hinauf in ihr kleines Zimmer und las. Meist war sie nach den anstrengenden Unterrichtsstunden so müde gewesen, dass sie noch vor der Sperrstunde auf ihrem Bett eingeschlafen war. Sonst hatte sie in ihrer freien Zeit nach dem Abendessen auch immer Daniel angerufen oder eine Nachricht geschrieben, aber mit einem Stirnrunzeln entschloss sie sich, das heute nicht zu tun. Schließlich fuhr sie morgen sowieso nach Hause. Das bedeutete jedoch nicht, dass er sie nicht kontaktieren konnte, und sie lächelte, als sie eine Nachricht von ihm las, in der er ihr viel Glück wünschte. Er wusste noch nicht, dass sie nicht reiten würde, aber es zeigte jedenfalls, dass er immer noch an sie dachte. Seufzend schob sie ihr Handy zurück in ihre Tasche. Sie hatte im Augenblick wirklich mehr als genug, worüber sie nachdenken musste.

Eingehüllt in Ponydecken und mit einer Tüte Chips, die sie sich teilten, saßen Georgia und Jodie gegenüber von den Ponyboxen und beobachteten Jackson und Lily, die in ihren Boxen ein Nickerchen machten. Jodie hatte gewusst, dass der Hof gegen zehn zum letzten Mal von den Angestellten kontrolliert werden würde, und sobald dies geschehen war, hatten sich die beiden Mädchen in ihrer wärmsten Kleidung aus dem Zimmer geschlichen. Georgia trug eine Jogginghose über ihren Thermo-Leggings und eine Pudelmütze auf ihren blonden Locken. Jodie war in einen flauschigen getupften Fleece-Overall gekleidet.

»Lach nicht«, sagte sie grinsend, als Georgia beim

Anblick ihres gewagten Outfits gekichert hatte. »Das war das Wärmste, was ich finden konnte.«

Die Uhr zeigte jetzt eine halbe Stunde nach Mitternacht, und es herrschte völlige Stille, abgesehen von gelegentlichem Schnauben und Kaugeräuschen aus den Ställen. »Weiß deine Mum, dass du mit mir hier draußen bist?«, flüsterte Georgia. Jodie, die Kapuze ihres Overalls über ihr dunkles Haar gezogen, war schon halb eingenickt.

Jetzt schüttelte sie den Kopf. »Nein«, antwortete sie, »und wir sollten es ihr auch lieber nicht erzählen. Ich möchte kein Risiko eingehen, bevor ich nicht genau weiß, dass ihr Job nicht gefährdet ist.«

Die Mädchen schwiegen eine Weile. »Wie war es denn, das Pferd deiner Mum?«, fragte Georgia und hoffte, dass Jodie diese Frage nicht unangenehm war.

Jodie lächelte traurig. »Es war ein tolles Pferd«, sagte sie leise. »Mum hätte es mit ihm noch weit bringen können.«

»Weißt du, wo es inzwischen ist?«, fragte Georgia neugierig, doch Jodie zuckte traurig mit den Schultern. »Er könnte überall sein.«

Georgia dachte darüber nach. Es gab noch etwas, was ihr durch den Kopf gegangen war, als sie die vergangene Nacht lange wach gelegen hatte, und sie musste Jodie einfach danach fragen. »Wenn das mit deiner

Mum nicht passiert wäre«, fragte sie vorsichtig, »würdest du trotzdem unbedingt den Platz in der Jugendmannschaft haben wollen?«

Jodie nickte nachdrücklich, ihr dunkles Haar wippte trotz der Kapuze mit. »Auf jeden Fall«, antwortete sie entschieden. »Ich will Erfolg haben.«

Zufrieden mit dieser Antwort, lächelte Georgia, und die beiden Mädchen saßen schweigend da, während die Minuten dahinschlichen. Georgia fragte sich langsam, ob sie sich nicht doch in Serena getäuscht hatte, und überlegte schon, ob sie vielleicht ihren Posten aufgeben und wieder zurück ins Warme gehen sollten, als sie eine leichte Unruhe in Lilys Box wahrnahm. Das Palomino stellte die Ohren auf und wirkte nervös. Sofort erhob sich Georgia und spähte in die Dunkelheit. Sie stieß Jodie an, die eingenickt war, und legte gleichzeitig einen Finger über ihre Lippen. Aufgeschreckt rieb Jodie sich die Augen, da warf Jackson unruhig seinen Kopf und ließ ein kurzes Wiehern hören. Georgia lauschte angestrengt, und es lief ihr eiskalt über den Rücken, als sie einen unmissverständlichen Hilferuf hörte …

Kapitel fünfzehn

Beide Mädchen waren im Handumdrehen von den Heuballen gesprungen. Das Geräusch kam aus dem zweiten Stallblock, wo die Ponys von Serena und Sebastian untergebracht waren. Georgia und Jodie rannten den Gang entlang, ihre Schritte hallten in der Stille der nächtlichen Scheune. Sie rannten über den Hof und – zu Georgias Entsetzen entdeckten sie nun, dass die Rufe aus der Box von Serenas Pony kamen. Serena schrie voller Panik. Die Stalltür war offen, und innerhalb weniger Sekunden hatte Georgia das Bild, das sich ihr bot, analysiert. Serenas großes Fuchspony, Reggie, steckte fest. Sein Körper lag unmittelbar eingeklemmt so vor der Wand der Box, dass er von allein nicht mehr auf die Füße kam. Offensichtlich hatte er heftig um sich geschlagen, denn sein Hals war schweißnass und seine Nüstern waren aufgebläht, doch im Augenblick lag er still da, als warte er auf Hilfe.

Georgia wusste aus dem Unterricht des Ponyclubs,

dass Pferde in einer solchen Situation nicht nur für Helfer eine große Gefahr darstellten, sondern auch für sich selbst. »Serena«, sagte sie deshalb vernünftigerweise, »ich muss los und die Pferdepfleger zur Hilfe holen.«

»Nein!«, stieß Serena hervor. »Wir werden totale Schwierigkeiten bekommen, weil wir mitten in der Nacht hier draußen waren. Bitte helft mir einfach, ihn wieder hochzubekommen.«

Georgia überlegte blitzschnell. Sie wusste, dass sie eigentlich losgehen müsste und jemand von den Angestellten holen. Aber dann müsste sie auch erklären, was sie alle hier draußen um ein Uhr nachts im Hof zu suchen hatten. Jodie machte sich immer noch Sorgen, ob ihre Mutter auch wirklich den Job behalten konnte. Und warum war Serena hier?

Doch es war nun keine Zeit, um darüber lange nachzudenken. Serenas Pferd brauchte dringend Hilfe. Zumindest verhielt sich der große Fuchs jetzt ruhig, was Georgia einen Moment Zeit verschaffte, um sich zu sammeln.

»Helft ihm!«, bettelte Serena in jämmerlichen Tonfall. »Er ist Tausende wert!«

»Ach, halt doch die Klappe!« Georgia drehte sich wütend zu ihr um. »Es ist mir völlig egal, was er wert ist. Er ist in einer Notlage, und wir müssen ihn hochbringen. Hast du denn niemals etwas über Pferdehaltung gelernt?«

Serena warf ihr einen beleidigten Blick zu, der diese Frage beantwortete.

»Wir brauchen Longierleinen«, meldete sich Jodie von der anderen Seite aus zu Wort.

Beide Mädchen drehten sich zu ihr um. »Ich habe das bei der Arbeit meiner Mutter gesehen«, fuhr sie fort. »Wir müssen die Leinen an seinen Beinen anbringen und dann versuchen, ihn von der Mauer wegzubringen. Dann kann er von allein aufstehen.«

»Okay.« Georgia versuchte, ruhig zu bleiben. Es klang einfach, wenn Jodie es so erklärte. Sie selbst hatte vorher noch nie ein festliegendes Pferd gesehen, aber das Thema war schon einige Male im Ponyclub behandelt worden. Es musste doch in der Sattelkammer ein paar Longen geben. Georgia rannte los und benutzte den Schein ihres Handys, um ein paar aufgerollte Longierleinen an der Wand zu finden. Sie holte sie herunter und rannte zurück. Serena ging immer noch nervös auf und ab, doch Jodie war in die Box gekrochen und saß neben dem Kopf des Ponys. Sie blieb in sicherer Entfernung von seinen Beinen, während sie leise mit ihm redete. Georgia begann, die schweren Leinen abzurollen.

»Was ist denn jetzt?«, fragte Serena schnippisch. »Bekommt ihr ihn nun hoch?«

Georgia ignorierte Serena, so gut sie konnte, und überlegte, was zu tun war.

Da übernahm Jodie wieder das Kommando. »Also gut. Georgia, kannst du diese Longierleine über sein Vorderbein streifen, das Bein, das am nächsten zur Mauer ist? Ich halte ihn so lange ruhig. Serena, kannst du das Gleiche bei seinen Hinterbeinen tun?«

Schnell schlang Georgia die Longierleine um die elegante Fessel von Reggies Fuß. »Geschafft!«, sagte sie atemlos. »Was ist mit dir, Serena?«

Während Georgia vom Pferd zurückwich, sah sie Serena immer noch wie angewurzelt an der gleichen Stelle stehen, die aufgerollte Longierleine nach wie vor über ihrer Schulter. »Ich … ich kann nicht«, flüsterte sie.

»Ach, verdammt nochmal!« Georgias Frust war unüberhörbar. Die Zeit lief ihnen davon, und sie mussten schnellstmöglich handeln. Sie nahm Serena die Longierleine ab und ging in die Box, um sie um den anderen Fuß zu schlingen, als Reggie anscheinend einen neuen Schub Energie hatte und wieder einen Versuch machte, auf seine Füße zu kommen.

»Georgia!« Jodies Warnruf kam den Bruchteil einer Sekunde zu spät.

Gerade als Georgia sich nach vorne beugte, um das Seil um Reggies Fuß zu schlingen, stieß er nach hinten aus und erwischte Georgia am Oberschenkel. Im ersten Moment spürte sie gar nichts, dann jedoch vernahm sie einen brennenden, ja sengenden Schmerz in ihrem Bein, von dem ihr die Luft wegblieb und ihr Tränen in die Augen stiegen.

Reggie, der anscheinend spürte, dass er jetzt Hilfe bekam, hörte auf sich zu wehren und lag wieder still, jeglicher Kampfgeist war aus ihm gewichen. Die Leinen waren jetzt befestigt. Nun mussten sie ihn hochbringen, solange sie die Möglichkeit hatten.

Georgia biss die Zähne zusammen, um nicht vor Schmerzen zu weinen, und kroch rücklings zurück, bis sie ohne weitere Verletzung aus Reggies Gefahrenbereich gekommen war. Sie dachte schon, sie würde gleich vor Schmerzen ohnmächtig werden, und überlegte panisch, was dann mit Reggie wäre, als eine vertraute Stimme ertönte.

»Was ist denn hier los?«

Jemand stand in der Türöffnung, groß und mit einer Pyjamahose, Gummistiefeln und einem Kapuzenpulli bekleidet. Sebastian!

»Serena?«, fuhr er fort und sah sich fragend um. »Georgia und Jodie! Was macht ihr denn hier mitten in der Nacht?«

Serena murmelte, sie hätte noch einmal nach ihrem Pferd schauen wollen, und sah Sebastian dabei nicht in die Augen.

»Unsinn!«, zischte Georgia, und das Adrenalin, das sie durchfuhr, lenkte sie von dem unglaublichen Schmerz in ihrem Bein ab. »Du hattest irgendwas anderes vor, da bin ich mir sicher!«

Aber es war keine Zeit mehr zu verlieren. Georgia drehte sich zu Sebastian und reichte ihm die Longierleine. »Bitte hilf uns«, sagte sie, und er nickte, denn er hatte sofort verstanden, was nötig war.

Jodie befand sich immer noch bei Reggies Kopf, um ihn zu beruhigen, und Georgia und Sebastian zogen vorsichtig an den Longierleinen. Mit dieser Hilfe schaffte Reggie es, sich hochzustemmen. Einen Moment später war er wieder auf den Füßen.

Da Sebastian gemerkt hatte, dass Georgia verletzt war, ging er in die Box und löste die Leinen von Reggies Beinen, während Jodie das Pony nach Schnitten oder Kratzern absuchte. Georgia fühlte sich hundeelend, umklammerte ihr Bein und ließ sich gegen die Stallmauer fallen. Erstaunlich gelassen schüttelte Reggie sich einmal ausgiebig und wandte seine Aufmerksamkeit dann seinem Heunetz zu, als sei er völlig ungerührt über das, was gerade geschehen war.

»Tja, mit ihm scheint alles in Ordnung zu sein.« Sebastian tätschelte den großen Fuchs und sah Georgia und Jodie voller Hochachtung an. »Es hätte viel schlimmer ausgehen können, wenn ihr ihm nicht hochgeholfen hättet.«

»Also, dann eben danke«, sagte Serena gereizt und

blickte Georgia und Jodie kaum an. Als sie ihre Hände bockig in ihre Taschen schob, fiel etwas heraus und landete im Einstreu. Sebastian bückte sich blitzschnell und hob es auf.

»Serena …« Sebastian klang ernst. »Was *ist* das hier?« Er hob eine weiße Plastikspritze hoch, ähnlich der, mit der man Wurmmittel verabreichte. Die Zeit schien stillzustehen.

»Gib mir das!«, zischte Serena wütend und wollte danach greifen, doch Sebastian hielt sie etwas höher, außerhalb ihrer Reichweite.

»Beruhigungsmittel für Pferde, extrastark«, las Sebastian nun mit eisiger Stimme vor. »Was genau hattest du denn damit vor?«

»Das ist nichts … Ich wollte gar nichts!« Serena war jetzt knallrot vor Wut, und ihre Augen funkelten.

»So sieht es aber nicht aus.« Sebastian ging mit ernstem Blick auf sie zu. »Serena, sag uns, was los ist.«

Georgia machte einen Schritt nach vorn und merkte, wie sie innerlich kochte. »Wolltest du das etwa Lily verabreichen?«, zischte sie.

Alle drei Reitschüler drehten sich fragend zu Serena, die nun total in die Ecke gedrängt war.

»Also gut, ja!«, rief Serena aus und schlug die Hände vor die Augen. »Aber ich wollte ihr ja nichts tun. Es ist nur ein Mittel, das mein Vater auch benutzt, wenn schwierige Tiere verladen werden müssen. Es hätte bis zum Morgen sowieso schon nicht mehr richtig gewirkt. Es war eine alberne Idee …« Ihre Stimme brach ab.

»Nur genug, damit Lily morgen keine gute Vorstellung liefert, ja?«, sagte Georgia langsam, der klarwurde, was Serenas Absicht gewesen war.

»Hört mal, ihr versteht das nicht«, zischte Serena, doch es war, als ob ihr völlig der Wind aus den Segeln genommen worden sei. »Ihr wisst ja nicht, wie es ist, einen berühmten Vater zu haben und wenn alle von dir so viel erwarten!«

»Serena«, sagte Jodie traurig, »was ist denn nur mit dir passiert? Wir waren doch mal Freundinnen.«

»Und dann bist du hergekommen und hast Jackson besser geritten, als ich es je konnte«, murmelte Serena, die sich inzwischen mit einem Seufzer gegen die Stallmauer hatte fallen lassen, als wäre sie besiegt.

»Serena, aber das ist bestimmt nicht der richtige Weg.« Sebastian schüttelte den Kopf. »Ich hätte mir denken können, dass etwas im Busch war, so wie Henry sich verhalten hat. Er arbeitet für deinen Vater, stimmt's?«

Serena nickte. Jegliche Gegenwehr schien aus ihr gewichen zu sein. »Henry berät ihn bei seinen Verkäufen der Deutschen Warmblüter«, flüsterte sie. »Dad hat ihm etwas extra bezahlt, damit er mir den Platz verschafft, und es funktionierte auch, bis Daisy es gemerkt hat.« Sie warf Georgia einen bösen Blick zu. »Wenn du dich nicht eingemischt hättest«, fuhr Serena fort, »hätte ich gar nichts unternehmen müssen; es war alles unter Kontrolle.«

»Der Stein ...«, Jodie presste die Finger gegen ihre Schläfen. »Das war auch kein Zufall, oder?«

Serena schüttelte den Kopf.

»Ich wusste es!«, rief Georgia aus.

»Es ist doch nur eine kleine Reizung am Fuß«, versuchte Serena sich zu rechtfertigen. »Überhaupt nichts Ernstes.«

»Aber es hätte mich beinahe meine Chance gekostet!«, rief Jodie aus. »Serena, das *ist* etwas Ernstes, und das weißt du auch!«

»Ihr könnt mir gar nichts beweisen!« Serena war jetzt kreidebleich, ihre Lippen ebenfalls blutleer, während sie aufgebracht den Kopf schüttelte. Sie drehte sich auf dem Absatz um und floh aus der Scheune zurück in ihr Zimmer. Sebastian, Jodie und Georgia blieben völlig sprachlos zurück, während Reggie gelassen seiner jungen Herrin hinterherblickte.

Kapitel sechzehn

Erschöpft rollte sich Georgia auf die Seite, als das Licht unter ihren Vorhängen hereinfiel. Doch sobald sie das Bein ausstreckte, zuckte sie zusammen. Sofort schob sie ihre karierte Schlafanzughose hinunter und inspizierte die Außenseite ihres Oberschenkels. Dort formte sich ein riesiger blauer Fleck, genau in der Form eines Pferdehufs. Wenn dieser Fleck nicht gewesen wäre, hätte sie glauben können, die Ereignisse der vergangenen Nacht seien nur ein Albtraum gewesen. Nachdem Serena weggelaufen war, hatten sie nichts weiter tun können, als zu Bett zu gehen, denn Reggie ging es offensichtlich gut.

Georgia stemmte sich jetzt auf die Füße und humpelte hinüber zum Waschbecken, um sich kaltes Wasser ins Gesicht zu spritzen und ihr Spiegelbild zu betrachten. Ihr Haar glich einem Vogelnest, aber das war nichts Neues. So schnell, wie sie es mit ihrem schmerzenden Bein schaffte, zog sie sich an und dachte dabei über die Geschehnisse nach. Serenas Enthüllungen von letzter

Nacht hatten ihren Entschluss, Jodie die Chance auf den Platz in der Mannschaft zu überlassen, nur noch bestärkt. Sie wusste, Serena hatte ihr Urteil in Bezug auf das Trainingscamp beeinflusst – dennoch war sie aus ganzem Herzen froh, dass sie das heutige Vorreiten Jodie überlassen hatte. Sie wollte einfach nur noch zurück nach Redgrove.

»Alles in Ordnung, Georgia?« Daisy hob eine Augenbraue, als Georgia beim Frühstück mit ihrem Tablett zu ihrem Platz zurückhumpelte.

»Ja, bestens.« Georgia versuchte, so fröhlich wie möglich zu klingen. Sie wusste, dass Serena es richtig erkannt hatte: Sie konnten nicht beweisen, dass Serena vorgehabt hatte, Lilys Einsatz zu sabotieren. Und sie alle kämen in große Schwierigkeiten, wenn man herausfand, dass sie mitten in der Nacht im Stall gewesen waren. Von Serena war am Frühstückstisch nichts zu sehen, aber Sebastian blickte auf und lächelte, als er Georgia entdeckte, und bedeutete ihr, sich auf den Platz ihm gegenüber zu setzen.

Jodie, die hinter Georgia gelaufen war, setzte sich ebenfalls und schenkte Sebastian ein schüchternes Lächeln. »Was ich dich noch fragen wollte«, flüsterte sie, damit niemand sonst sie hören konnte, »was hast du eigentlich nachts draußen im Hof gemacht?«

Sebastian lächelte mit einem Seufzer. »Ich ahnte, dass Serena vielleicht irgendwas vorhaben könnte, nach ihrer Reaktion darauf, dass du Lily reiten würdest. Außerdem konnte ich mir einfach nicht vorstellen, dass es ein Zufall war, dass Jackson plötzlich lahmte, verstehst du?«

Jodie nickte.

»Ich kann nicht fassen, dass jemand so weit gehen kann!«, fuhr Sebastian fort und schüttelte den Kopf, so dass seine dunklen Locken wippten. »Und ich dachte, sie sei eine gute Freundin!« Er legte sein Besteck ab. »Also sind es wohl nur noch du und ich heute.« Er lächelte Jodie an und klang sehr herzlich. »Möge der oder die Beste gewinnen!«

»Georgia, ist wirklich alles in Ordnung mit dir?«, fragte Jodie besorgt, als die beiden Mädchen Lily für das Vorreiten herrichteten. Trotz all der Aufregung der vergangenen Nacht im Stall nebenan war Lily so ruhig wie eh und je, und als Georgia dem kleinen Palomino das Zaumzeug überstreifte, stupste es ihre Hand an, als wolle es ihr versichern, dass es sein Bestes gäbe.

»Klar ...«, Georgia biss ihre Zähne zusammen und versuchte, den Schmerz zu ignorieren. »Also los, sie ist so bereit, wie sie nur sein kann.« Sie merkte, wie ihr eine Gänsehaut über den Rücken lief, als ihr klarwurde, wie nahe Serena daran gewesen war, ihrer süßen, vertrauensvollen Lily eine Beruhigungsspritze zu geben.

Da Georgia davon ausgegangen war, dass nur Sebastian und Jodie für den Platz in der Jugendmannschaft vorritten, schrak sie völlig verblüfft zusammen, als Serena auf Reggie in die Arena ritt. »Der arme Kerl!«, rief sie unwillkürlich aus. Reggie musste ziemlich durcheinander sein, nach der Tortur, die er in der Nacht mitgemacht hatte, und dennoch war Serena entschlossen, ihn zu reiten. Eine verantwortungsbewusste Reiterin hätte dem Pony einen Tag Erholung gegönnt. Doch Serena wollte offensichtlich immer noch unbedingt etwas beweisen, und da Henry Winters wieder zurück auf Rosefolly und im Auswahlgremium war – was würde das für Jodie und Lily bedeuten?

»Was ist denn?« Daisy drehte sich fragend zu Georgia um.

»Ach nichts«, murmelte Georgia.

Unwillkürlich verzog sie dabei das Gesicht. Ihr Bein schmerzte höllisch, und ihr war klar, dass es noch schlimmer werden würde. Aber daran durfte sie jetzt nicht denken. *Du schaffst das, Lily,* rief sie in Gedanken ihrem Palomino zu, das gewiss mindestens eine Hand kleiner war als Sebastians oder Serenas Pony, aber das Herz einer Löwin besaß.

Jeder Kandidat und jede Kandidatin sollte die Bahnfiguren reiten, die sie die ganze Woche über trainiert hatten. Das war eine große Herausforderung für Lily, die bislang an Georgias Reitstil gewöhnt war. Doch Jodie war eine sehr aufmerksame Reiterin und hatte gemerkt, dass Lily nur ganz leichte Hilfen benötigte. Selbstverständlich hatte Jodie auch Lilys Eigenheiten während der letzten Tage beobachtet und mitbekommen, dass das Palomino es am liebsten mochte, wenn Georgia so ruhig wie möglich im Sattel saß. Sie wärmten sich nun problemlos auf, und Georgia zeigte ihrer Freundin von ihrem Zuschauerplatz an der Seite aus nach oben gereckte Daumen, als sie auf ihrer kleinen Stute vorbeitrabte. Jodie lächelte und entspannte sich sichtlich.

Das Auswahlgremium stand in einer kleinen Gruppe zusammen am anderen Ende und beobachtete die Reiter und Ponys bereits beim Aufwärmen. Sebastian war als Erster an der Reihe. Sein wunderschönes braunes Pony zeigte sich entspannt, und sein Schritt war leicht und schwingend. Sebastian war ein ausgezeichneter Reiter. Seine langen Beine hingen weit unter dem Bauch seines Ponys herab, doch das störte den Gesamteindruck nicht im Geringsten. Er lieferte eine brillante Vorführung, und Georgia klatschte, als er fertig war. Sie hatte seit den Ereignissen von letzter Nacht eine andere Seite von Sebastian kennengelernt. Warum Serena wohl nicht versucht hatte, ihn aus der Auswahl zu verdrängen? Oder wäre er dann ihr nächstes Ziel gewesen, sobald Jodie ausgeschaltet gewesen wäre?

Es gab eine kurze Pause, bevor Serena zum Vorreiten aufgerufen wurde, während der das Auswahlgremium sich untereinander besprach. Es bestand insgesamt aus drei Personen, und jede einzelne musste die jeweiligen Reiter unabhängig von den anderen Mitgliedern im Gremium bewerten. Henry Winters sah so ernst und unnahbar drein wie immer, doch Richard, der Jugendmannschaftstrainer, der sie bereits unter der Woche begutachtet hatte, lächelte die Schüler freundlich und aufmunternd an. Serena begann nun, mit Reggie um die Arena zu traben. Der Fuchs schnaubte frustriert, als sie ihm ihren Absatz in die Seite bohrte, sobald sie sich in einer Position befand, in der dies vom Gremium unbemerkt bliebe.

Armer Reggie. Georgia schüttelte den Kopf. Sie hoffte, egal, wie dieser Tag ausging, dass man sich gut um ihn kümmerte und nicht einfach nur an irgendwen weiterverkaufte, wenn er die in ihn gesetzten Erwartungen nicht erfüllte.

Reggies gutmütige Natur zeigte sich während der ganzen Prüfung. Trotz des aufregenden Zwischenfalls in der Nacht und Serenas grobem Umgang gab er deutlich sein Bestes. Doch Serenas Reitkünste waren viel schlechter als die von Sebastian und Jodie. Richard und der andere Richter bedachten Serena mit einem höflichen Lächeln. Richard tippte an seine Kappe, während Henry wie versteinert geradeaus sah. Georgia fragte sich, ob er immer noch bestochen war, um Serena einen Platz in der Mannschaft zu verschaffen. Aber ihm musste doch bewusst sein, dass sowohl Sebastian als auch Jodie diesen Platz viel mehr verdienten.

Jetzt war Lily an der Reihe. Georgia sah zu, wie die goldfarbene Stute um die Arena trabte und Jodie ganz ruhig im Sattel saß, ihr langer dunkler Pferdeschwanz schwang auf und ab. Georgia durchlebte eine Achterbahnfahrt der Gefühle: Stolz, denn sie wusste, wie viel sie mit der kleinen Stute erreicht hatte, aber auch Bedauern und eine gewisse Traurigkeit. Aber dennoch – Georgia war sich sicher, dass sie die richtige Entscheidung getroffen hatte. Sie hoffte nur, Melanie würde sie verstehen!

Kapitel siebzehn

Als Lily in elegantem Gang zur Mittellinie trabte, setzte Georgia sich so vorsichtig wie möglich auf die Bank und versuchte, das Gewicht von ihrem Bein zu verlagern und rieb unwillkürlich die schmerzende Stelle. Sie bemerkte, dass Daisy sie von der Seite ansah, bevor sie sich ebenfalls setzte, um Lilys Darbietung zu verfolgen. Doch bald war Daisy genügend abgelenkt, um nicht mehr zu Georgia zu blicken und nachzufragen.

Bei jeder Biegung, jedem starken Trab, jedem Übergang hatte Georgia das Gefühl, mit Jodie mitzureiten. Sie wusste genau, wie jeder Schritt sich anfühlte, und beobachtete mit wachsendem Vergnügen, wie Lily in der Prüfung ihre Bahnfiguren fehlerlos absolvierte. Georgia hätte beinahe ihre Verletzung vergessen, als sie so heftig klatschte, wie sie nur konnte, und ihr Tränen in die Augen stiegen. Lily hatte Jodie die bestmögliche Chance auf einen Platz gegeben, und mehr konnte sie nicht tun.

»Danke, danke, danke!« Jodie war völlig überwältigt, als sie die kleine Stute zurück in den Stall brachte und abzäumte. Georgia war, so schnell sie nur konnte, zu ihnen gehumpelt. Die Schmerzen in ihrem Bein verursachten bei ihr eine leichte Übelkeit, und sie war unter ihren Sommersprossen blass geworden. Glücklicherweise war Daisy zu sehr in ein Gespräch mit Sebastian vertieft, um es zu bemerken, aber Jodie sah genau, dass Georgia unter starken Schmerzen litt.

»Meinst du, wir sollten vielleicht ins Krankenhaus gehen?«, flüsterte sie besorgt, aber Georgia schüttelte entschieden den Kopf.

»Es ist nur ein blauer Fleck«, stieß sie nicht gerade überzeugend hervor. Sie war entschlossen, die abschließende Bewertung nicht zu versäumen.

Noch bevor Jodie etwas dazu sagen konnte, wurde sie von ihrer Mutter umarmt, die ihr gratulierte und sie lobte.

Georgia lehnte sich gegen Lily, und die kleine Stute schnüffelte besorgt an ihr. Georgia stand immer noch im Stall und versuchte nicht zu weinen, als Richard sich über die Stalltür beugte und sich unvermittelt räusperte, so dass Georgia zusammenzuckte.

»Hallo, junge Dame«, sagte er dann mit freundlicher Stimme und nahm seinen Hut ab.

»Hallo«, antwortete Georgia höflich und blickte sich

unsicher um. Sie hatte heute nicht vorgeritten, also was machte der Mannschaftstrainer hier?

»Ich bin gekommen, um mich mit dir über deine Stute zu unterhalten«, erklärte Richard. »Ich weiß, du hast deine Chance auf einen Mannschaftsplatz an deine Freundin abgetreten, und dagegen ist nichts einzuwenden, das war deine Entscheidung. Aber eigentlich ist es dein Pony, an dem ich jetzt interessiert bin.«

Georgia musste tief durchatmen, als Richard erklärte, dass jemand Lily entdeckt hatte und sie für einen aufstrebenden Dressurreiter kaufen wollte, der mit ihr in die Nationalmannschaft wollte. Man hatte für sie ein Angebot von mehreren tausend Pfund abgegeben. Er wollte wissen, ob Georgia an einem solchen Angebot interessiert wäre.

»Es tut mir leid, aber offiziell gehört sie mir gar nicht«, murmelte Georgia, und ihr drehte sich der Kopf. »Es ist nicht meine Entscheidung.«

»Das weiß ich. Ich habe mich bereits mit Mrs Hayden in Verbindung gesetzt«, sagte Richard.

Für Georgia drehte sich auf einmal alles. Sie konnte es Mel nicht übelnehmen, dass sie andere Möglichkeiten für die kleine Stute in Betracht zog, da Georgia beschlossen hatte, sich nicht für die Dressurmannschaft zu qualifizieren. Die Luft war gedämpft und schwer, und plötzlich klang Richards Stimme, als käme sie von ganz weit weg, und sie wurde auch immer langsamer. Als Georgias Knie nachgaben, war das Letzte, was sie mitbekam, dass Lily erstaunt einen Schritt zurücktat, dann wurde es um sie herum dunkel.

»Georgia, Georgia?«

Erschöpft öffnete Georgia die Augen. Es dauerte ein oder zwei Minuten, bis ihr klarwurde, wo sie sich befand: Sie saß vor Lilys Stall. Jodie kauerte neben ihr und hielt einen Plastikbecher mit Wasser, während sich auf ihrer anderen Seite ein freundlich aussehender Sanitäter befand. Daisy hielt ein Handy in der Hand und schien Georgias Mutter anzurufen.

Georgia setzte sich vorsichtig aufrecht und zuckte zusammen, als sie an den blauen Fleck am Bein erinnert wurde. »Was ist denn passiert?« Sie hatte das Gefühl, als hätte sie tagelang geschlafen.

»Du bist ohnmächtig geworden!«, rief Jodie aus. »Richard hat Alarm geschlagen. Glücklicherweise war gerade eine Ambulanz in der Gegend, so dass sehr schnell jemand hier war.«

»Hast du dich an diesem Bein verletzt?«, fragte der Sanitäter freundlich, und Georgia nickte. Sie schob ihre Jeans weg und zeigte einen perfekt geformten Hufabdruck, der jetzt ein dramatisches Lila zeigte.

Der Sanitäter stieß einen leisen Pfiff aus. »Na, dieser

blaue Fleck kann sich sehen lassen!«, sagte er. »Wir müssen dich mitnehmen, um das Bein näher zu untersuchen.«

Daisy klappte ihr Handy zu und erschrak, als sie Georgias Bein sah. »Was um Himmels willen ist denn da passiert?«, fragte sie entsetzt

»Es war meine Schuld«, murmelte Georgia, während Daisy ihr Bein genauer musterte.

»Bringen wir dich ins Krankenhaus«, sagte Daisy grimmig. »Dabei kannst du mir alles erklären.«

Kapitel achtzehn

Das Krankenhaus befand sich in der kleinen Marktgemeinde etwa fünf Minuten vom Rosefolly Reitsportzentrum entfernt. Daisy war im Krankenwagen mitgefahren. Die Ärzte im Krankenhaus hatten Georgia durchgecheckt und festgestellt, dass ihr Bein bis auf diesen schmerzhaften riesigen blauen Fleck in Ordnung war. Georgia sollte es nur ein paar Tage still halten, damit der Bluterguss heilen konnte.

In Gedanken verloren versuchte sie, es sich auf dem harten Bett bequem zu machen. Alles, was sie sich vorgenommen hatte, nämlich, einfach nur mit Lily nach Redgrove zurückzukehren, schien ihr zu entgleiten. Sie wusste, dass Melanie ein solch hohes Angebot für Lily ernsthaft in Erwägung ziehen musste.

»Also, erzählst du mir jetzt, was passiert ist?«, fragte Daisy, die neben Georgias Bett stand.

»Es war meine Schuld«, wiederholte Georgia. Sie konnte Daisy genauso gut auch die ganze Wahrheit sagen. »Es war meine Idee, in den Stall zu gehen und Lily zu bewachen.«

»Lily zu bewachen? Was meinst du damit?«

Daisy hörte schweigend zu, als Georgia erklärte, wie sie während der Nacht vor Lilys Box hatte Wache halten wollen. Sie erzählte von ihrer Sorge vor Sabotage und dass sie Jodie überredet hatte mitzumachen. Und schließlich berichtete sie, wie sie bei der Beobachtung von Lilys Box Serenas Hilferufe gehört hatten.

»Und so wurdest du getreten?« Daisy runzelte die Stirn, und Georgia nickte.

»Sebastian fand die Spritze mit dem Beruhigungsmittel, das Serena bei Lily anwenden wollte, aber wir können nichts beweisen.«

»Und deshalb hast du nichts gesagt?«, fragte Daisy vorsichtig nach. »Ihr habt gedacht, ihr bekämt Schwierigkeiten, weil ihr gegen die Regeln verstoßen habt.«

Georgia nickte wieder und ließ den Kopf hängen. »Es ist nur so, dass es für Jodie so wichtig ist, einen Platz in der Mannschaft zu bekommen. Ich wollte nicht, dass sie Schwierigkeiten bekommt.«

Daisy schwieg und musste erst einmal alles verdauen, was Georgia ihr erzählte hatte. Dann lächelte sie. »Jodie wird keine Schwierigkeiten bekommen und du auch nicht. Dafür werde ich sorgen.« Sie setzte sich auf das Ende von Georgias Bett. »Ich glaube dir in Bezug auf

Serena. Auch ich gehe davon aus, dass sie für Jacksons Lahmen verantwortlich war.« Daisy tätschelte Georgias Hand und fuhr fort. »Aber jetzt glaube ich, dass Jodie dir gern etwas erzählen möchte.« Sie deutete zur Tür und winkte Jodie herein.

Jodie trat ein. Sie kam mit ihrer Mutter, die sie wohl zum Krankenhaus gefahren hatte, und sie strahlte von einem Ohr zum anderen, als sie sich – immer noch in ihrer Reitkleidung – schwungvoll neben Daisy aufs Bett setzte.

»Wir haben es geschafft, Georgia! Ich habe den Platz in der Jugendmannschaft bekommen, und das habe ich nur dir zu verdanken!«, rief sie aus und umarmte ihre Freundin.

»Autsch!«, entfuhr es Georgia mit einem Lächeln, und sie zog ihr Bein zur Seite.

Jodie stieß einen erschreckten Ausruf aus. »O meine Güte, Georgia. Tut mir so leid, das hatte ich ganz vergessen!«

»Nicht so schlimm«, beruhigte Georgia sie wahrheitsgemäß. Nach den ihr verabreichten Schmerzmitteln spürte sie das Bein nicht mehr so stark, und Jodies Neuigkeiten machten sie glücklich. Lily, ihre kleine Stute, hatte Jodie ihren Traum zurückgegeben! Georgia war nur ein klein wenig traurig, dass sie die Bekanntgabe verpasst hatte. »Das ist ja toll! Und wie hat Serena es denn aufgenommen?«, fragte sie vorsichtig.

»Du hast echt was verpasst!« Jodie erzählte lebhaft, wie Richard und Henry einen heftigen Streit gehabt hatten, bevor Henry schließlich davongestürmt war. Henry hatte Jodie und Sebastian die schlechteste Bewertung gegeben, die er noch halbwegs vertreten konnte, und Serena die beste. Dies hatte für erstauntes Kopfschütteln im Gremium gesorgt, besonders, da es bedeutete, dass Serena den Spitzenplatz bekäme, da Henrys schlechte Bewertungen für Jodie und Sebastian sie umgekehrt auf die hinteren Plätze drückten. Dann hatte Richard jedoch einen Brief erhalten, in dem Henrys Verbindungen zum Reiterhof der Van der Hawks aufgedeckt wurden.

»Von wem hat er den denn bekommen?« fragte Georgia erstaunt, und Daisy antwortete mit einem Stirnrunzeln.

»Dafür habe ich gesorgt«, erklärte sie. »Ich habe während der letzten Tage etwas recherchiert.« Daisy erklärte weiter, dass das Gremium Henry daraufhin damit konfrontiert hatte und dieser das Ganze nicht mehr abstreiten konnte. Seine Bewertung war für ungültig erklären worden, und die Vorwürfe gegen ihn würden von offizieller Stelle des Reitsportverbands genau untersucht werden. »Wir können natürlich nicht beweisen, dass Serena wirklich Jackson und Lily etwas antun wollte«, sagte Daisy. »Also hoffen wir einfach, dass sie ihre Lektion gelernt und endlich begriffen hat, dass nicht immer alle nach ihrer Pfeife tanzen.«

Georgia nickte und ließ sich zurück auf das Kissen sinken. Sie war überglücklich, dass Jodie den Platz in der Mannschaft bekommen hatte. Aber Richards Worte hinsichtlich des Angebots für Lily gingen ihr einfach nicht aus dem Kopf.

Georgia hatte das Gefühl, als ob ihr etwas sehr schwer im Magen läge. Auch wenn der Arzt ihr gesagt hatte, dass sie wegen ihres verletzten Beins ohnmächtig geworden sei, wusste Georgia doch, dass es mehr als das sein musste. Es war auch die Möglichkeit, dass Lily verkauft würde. Der Gedanke, Lily zu verlieren, reichte aus, um ihr das Herz zu brechen.

Kapitel neunzehn

Sobald der Arzt ihr mit einem Attest bescheinigt hatte, dass es ihr gut genug ging, wurde Georgia aus dem Krankenhaus entlassen. Allerdings mit der Anordnung, ihr Bein weiter zu kühlen und ruhen zu lassen. Daisy fuhr sie die kurze Strecke nach Rosefolly, und als sie auf das herrliche Gelände fuhren, dachte Georgia darüber nach, wie viel in der Woche geschehen war, seit Melanie mit ihr hierhergefahren war.

Ihr selbst war klargeworden, was sie am glücklichsten machte, aber dadurch hatte sie auch Lily in den Blickwinkel von Leuten gerückt, die mehr mit ihr vorhätten. Als sie nun um die Ecke kamen und Georgia den vertrauten dunkelgrünen Pferdetransporter sah, rutschte ihr das Herz in die Hose. Melanie war in eine Unterhaltung mit den Mitgliedern des Auswahlgremiums vertieft. Schlimmer noch, sie hielt etwas in der Hand, was nach einem Umschlag aussah, und nickte nachdrücklich. Plötzlich graute Georgia vor der Heimfahrt.

»Georgia!« Melanie lächelte sie an, als sie nun vorsichtig aus Daisys Auto stieg. »Ich habe mir solche Sorgen gemacht. Deine arme Mutter rief mich an, als ich schon auf dem Weg hierher war!«

»Mir geht es gut.« Georgia humpelte auf Lilys Box zu, vor der alle versammelt waren. Die Wahrheit war, dass die Schmerzen in ihrem Bein nichts waren im Vergleich zu dem Schmerz, dem sie ausgesetzt wäre, falls Lily verkauft würde.

»Du hast mir einen ganz schönen Schreck eingejagt, junge Dame.« Richard lachte leise, während er Lily tätschelte, die mit aufgestellten Ohren zu Georgia blickte.

Georgia lächelte schwach, und Tränen brannten in ihren Augen, als sie sah, wie Richard Mels Hand schüttelte.

»Geben Sie mir einfach Bescheid«, sagte er und tippte mit einem Abschiedsgruß für sie beide an seinen Hut.

»Danke, Richard. Und du, Georgia, bist du bereit, nach Hause zu fahren?« Melanie tätschelte Georgias Schulter, und sie nickte. Sie wollte nirgendwo lieber hin als heim nach Redgrove.

Melanie hatte Georgia befohlen, auf einem Heuballen sitzen zu bleiben und sich auszuruhen, während sie selbst Georgias und Lilys Sachen packte. Georgia verabschiedete sich von ihrer neuen Freundin Jodie mit einer dicken Umarmung. Diese Freundschaft gehörte zu den besten Dingen, die sich aus ihrem Aufenthalt hier ergeben hatten.

Sebastian, der seinen großen Braunen in einen unglaublich luxuriösen Pferdetransporter in metallic Weiß verladen hatte, verabschiedete sich mit einem Grinsen und einem High Five von ihr. Es hatte sich herausgestellt, dass er doch gar nicht so übel war, und Georgia freute sich zu sehen, dass er und Jodie Telefonnummern austauschten. Dabei musste sie an Daniel denken und runzelte unwillkürlich die Stirn. Wieder einmal fragte sie sich, was die ganze Woche über mit Daniel los gewesen war, weil jeder ihr irgendetwas anderes erzählt hatte. Sollte sie womöglich ihre geliebte Stute *und* Dan verlieren? Oder war es in Wirklichkeit so, dass sie weder Lily noch Dan verlieren konnte, weil beide ihr sowieso nie richtig gehört hatten?

Nachdem Georgia sich von Daisy verabschiedet hatte, stieg sie in die Fahrerkabine des Transporters und winkte noch einmal durchs Fenster. Melanie fuhr den Transporter gekonnt aus dem Hof und über die lange kurvenreiche Zufahrt, während Georgia die Rehe betrachtete, die unweit des Wegs grasten. Am liebsten hätte sie Melanie sofort nach Richards Angebot gefragt, aber andererseits wagte sie es nicht, das Thema anzuschneiden, da sie die Antwort fürchtete. Und so plauderten sie über die Woche und Sophies Ausritt auf Wilson, doch es war klar, dass zwischen ihnen etwas Unausgesprochenes stand.

Melanie schien ihr jedenfalls etwas erzählen zu wollen. »In ein paar Minuten machen wir eine Pause«, sagte sie nach etwa einer halben Stunde zu Georgia. »Ich könnte einen Kaffee gebrauchen, und ich bin sicher, Lily würde sich auch freuen, wenn jemand nach ihr sieht.«

»Okay.« Georgia schluckte. Dann konnte sie einfach nicht mehr anders, und es platzte aus ihr heraus. »Also, ich weiß, dass der Mannschaftstrainer ein Angebot für Lily abgegeben hat«, stieß sie hervor. »Sie wollen sie für die Jugendmannschaft, stimmt's? Ich hab nur überlegt ... ich meine ... würdest du sie denn verkaufen?«

»Nun ...« Melanie ließ den Blick bei ihrer Antwort weiter auf die Straße gerichtet, und Georgia hatte das Gefühl, ihr Herz würde gleich zerspringen. Das konnte doch einfach nicht wirklich passieren!

»Dir ist sicher klar, dass dies ein Angebot ist, das jeder Besitzer ernsthaft in Erwägung ziehen muss, Georgia ... und Lily ist wirklich ein außergewöhnliches Pony.« Melanie sprach mit sanfter Stimme, als wollte sie Georgias Schmerz dämpfen.

Georgia hatte das Gefühl, als schnürte man ihr die Kehle zu, und ihre Beine fingen an zu zittern. Sie versuchte, die Tränen zurückzuhalten, und nickte wie betäubt.

Melanie setzte den Blinker, lenkte den Transporter von der Autobahn und hielt an der Raststätte an. Georgia merkte, wie Lily hinten im Wagen ihr Gewicht verlagerte.

»Wir reden gleich weiter. Ich gehe uns etwas zu trinken holen, und du schaust nach Lily«, schlug Melanie vor, während sie ihren Sicherheitsgurt löste und nach ihrem Portemonnaie griff, das in einem Fach unter dem Armaturenbrett lag. Nachdem sie es geöffnet und darin herumgekramt hatte, verzog sie das Gesicht. »Ach, Georgia«, sagte sie, »du hast nicht vielleicht ein Pfund übrig, oder? Ich hab überhaupt kein Kleingeld.«

Georgia nickte und griff in ihren Rucksack. Sie holte eine Münze heraus und reichte sie Melanie, die lächelnd nickte.

»Danke!« rief sie und sprang bereits aus der Fahrerkabine. »Ich beeile mich.« Georgia wollte die Gelegenheit ausnutzen, um ein paar wertvolle Minuten mit dem Palomino zu haben. Also stieg sie in den Transporterraum und öffnete die Jockeytür. Lily blinzelte und wieherte zur Begrüßung. Zufrieden bediente sie sich aus ihrem Heunetz und hielt nur inne, als Georgia ihre Wange seitlich an ihr Gesicht legte. Die Stute strahlte so viel Wärme und Geborgenheit aus, Georgia schloss die

Augen und gab einen tiefen Seufzer von sich. Lily war das Beste, was ihr je passiert war.

Doch Georgia wusste, dass Lilys Zukunft nicht in ihren Händen lag. Melanie war die rechtmäßige Besitzerin des Palomino-Ponys, und es gab nichts, was Georgia dagegen tun konnte.

Kapitel zwanzig

»Heiße Schokolade, dein Lieblingsgetränk!«, rief Melanie aus der Fahrerkabine, und widerstrebend streichelte Georgia die Stute ein letztes Mal, bevor sie auf ihren Platz zurückkehrte. Melanie und sie saßen schweigend da und nippten an ihren heißen Getränken. Schließlich nahm Georgia ihren ganzen Mut zusammen und fragte Melanie, was sie tun würde.

»Georgia«, sagte Melanie langsam. »Ich musste die ganze Sache wirklich gut durchdenken.«

Als sie das sagte, merkte Georgia, wie ihr Herz schneller schlug und ihre Handflächen heiß wurden. Sie fürchtete, gleich in Tränen auszubrechen, und so schluckte sie schwer, als Melanie fortfuhr und von einer Gelegenheit sprach, wie sie nur einmal im Leben kam. Schließlich nahm Melanie einen Umschlag vom Platz neben Georgia und reichte ihn ihr. »Das Angebot ist in diesem Umschlag.«

Widerstrebend öffnete Georgia den Umschlag, zog

den Brief heraus und faltete ihn auseinander. Es war eine riesige Summe, die für Lily geboten wurde. Ihre Augen schwammen vor Tränen, bevor ihr etwas auffiel und sie blinzelnd genauer auf den Brief blickte. Ein Lächeln huschte über Melanies Gesicht. Der Brief war an Miss Georgia Black adressiert, nicht an Mrs Melanie Hayden.

Georgia blickte von dem Brief zu Mel und wieder zurück, während Melanie sich ein Grinsen verbiss. Georgia schüttelte verständnislos den Kopf. »Was?« Ihre Stimme war heiser, als sie zu sprechen versuchte. »Ich verstehe das nicht. Wieso ist der Brief an mich adressiert? Ich bin doch nicht ihre Besitzerin!«

»Es ist *deine* Entscheidung.« Melanie tätschelte Georgias Hand. »Georgia, Lily gehört dir! Ich mag offiziell ihre Besitzerin gewesen sein, aber sie war immer schon *dein* Pony. Ich muss ihre Papiere noch zum Ponyzuchtverband schicken, um den Besitzübergang auf dich bestätigen zu lassen, und das Pfund, das du mir gegeben hast, diente nur dazu, alles rechtlich einwandfrei zu machen. Das ist ein uralter Brauch unter Reitern.« Sie zwinkerte Georgia zu. »Ich wollte nicht, dass du dir so große Sorgen machst, aber andererseits wollte ich auch alles genau geklärt und geregelt haben, bevor ich es dir sage.«

Georgia schüttelte völlig verblüfft den Kopf, als Melanie erklärte, sie habe die ganze Zeit schon vorgehabt,

Lily an Georgia zu verkaufen, doch dann hatte Richard sein Angebot gemacht, und das habe die Sache beschleunigt.

»Erkennst du, wo wir sind?« Melanie deutete lächelnd auf die Gegend um die Raststätte.

Georgia überlegte angestrengt. Die betongraue Tankstelle sah aus wie jede andere, an der sie in den letzten Jahren auf ihren vielen Fahrten mit dem Pferdetransporter haltgemacht hatten.

»Es ist genau die Raststätte, an der wir damals auf dem Weg zurück von Wales angehalten haben … erinnerst du dich?«, sagte Melanie versonnen. »Du und Dan, ihr wart tropfnass und halb erfroren, und Lily sah völlig mitgenommen aus, aber du hast etwas Besonderes in ihr gesehen. Du warst diejenige, die *mich* überzeugt hat, das Wagnis mit ihr einzugehen! Seither war sie dein ganz besonderes Pony, das Pony deines Lebens! Und du hast gestern die richtige Entscheidung getroffen. Du bist deinem Herzen gefolgt.«

Völlig sprachlos schüttelte Georgia wieder den Kopf und versuchte, die richtigen Worte zu finden. Sie brachte jedoch kaum einen Ton heraus und schaffte es nur, *Danke!* zu krächzen. Es kam ihr völlig unzureichend vor, aber Melanie verstand sie zum Glück ganz genau. Sie drehte den Zündschlüssel, ließ den Motor an und lächelte Georgia ganz herzlich an.

»Und jetzt komm«, meinte sie lachend. »Sehen wir zu, dass wir nach Hause nach Redgrove kommen, wohin ihr *beide* gehört.«

»Georgia, ich hab dich ja so vermisst!« Emma umarmte ihre Freundin, sobald der Transporter in Redgrove angehalten hatte und Georgia vorsichtig aus der Fahrerkabine gestiegen war. Die Lichter im Hof brannten, und Wilson, Callie und Santa wieherten alle zusammen, die Ohren aufgestellt, als Lily ihnen antwortete.

»Ich hab dich auch vermisst.« Georgia hakte sich bei ihrer Freundin unter. »Das war vielleicht eine Woche!« Sie schaute sich im Hof um und merkte, wie sie sich endlich entspannte. Es war früher Abend, und die Ponys befanden sich schon in ihren Ställen. Der Hof hatte nie so einladend ausgesehen. Bald stand Lily wieder zufrieden in ihrer Box, und Emma und Melanie halfen dabei, Lilys Reisegamaschen abzunehmen und ihr die Stalldecke überzulegen.

»Wo ist denn Will?«, fragte Georgia und lehnte sich gegen die Stalltür, um sich abzustützen. Ihr Bein war nach der langen Fahrt ganz steif, und sie freute sich schon auf ein heißes Bad, wenn sie erst zu Hause war.

»Hier!«, rief eine vertraute Stimme, und Georgia drehte sich lächelnd zu dem stets zu Scherzen aufgelegten Will um, der gerade aus der Scheune kam. »Hey,

Georgia!«, grüßte er lachend und umarmte sie. »Ich habe ja schon ein bisschen was von dem gehört, was alles so passiert ist. Und weißt du, ich denke, du hast die richtige Entscheidung getroffen.« Er machte eine kurze Pause und fuhr dann fort: »Wenn man etwas nicht wirklich aus ganzem Herzen möchte, dann ist es auch nicht das Richtige für einen.«

»Also meinst du nicht, dass Lily zu gut ist, um sie nicht mehr bei Wettkämpfen antreten zu lassen?«, fragte Georgia, die immer noch nach Bestätigung ihrer Entscheidung suchte, und Will schüttelte den Kopf.

»Auf keinen Fall«, meinte er entschieden. »Sie hat sich ja bei dir bereits bewiesen. Außerdem, so wie du sie nach ihrem anfänglichen Zustand hinbekommen hast, werden die Leute Schlange stehen, um ihre Ponys von dir zureiten zu lassen, wenn es immer noch das ist, was du nach der Schule tun möchtest.«

Georgia lächelte. Will hatte in Bezug auf den Umgang mit Pferden großes Verständnis, das lag natürlich auch an seiner persönlichen Erfahrung. »Übrigens«, fragte sie neugierig, als ihr klarwurde, dass Daniel gar nicht zu ihrer Begrüßung hier war, »hast du diese Woche denn viel mit Dan unternommen?« Ihre Zuversicht sank, als sie merkte, dass Will ihrem Blick auswich.

»Na ja, manchmal schon, ab und zu, aber so oft hab ich ihn auch nicht gesehen …«, murmelte er vage, und

Georgia wusste, dass sie sich nicht getäuscht hatte – Daniel verbarg *tatsächlich* etwas. Deshalb ist er wahrscheinlich auch heute Abend nicht hier, dachte sie traurig. Er hatte eigentlich der Erste sein sollen, dem sie erzählte, dass Lily jetzt ganz offiziell ihr gehörte.

Plötzlich fühlte sie sich völlig erschöpft nach dieser anstrengenden Woche, und sie war nie dankbarer gewesen, das kleine Auto ihrer Mutter langsam die Einfahrt hochfahren zu sehen. Mrs Black stieg aus und nahm ihre Tochter ganz fest in die Arme. »Ich habe euch beide so vermisst!« Georgias Mum streckte die Hand nach Lily aus, die ihren Kopf über die Stalltür streckte, denn Mrs Black hatte normalerweise immer ein paar Karotten dabei.

»Hast du es gewusst, Mum, das mit Lily?« Georgia legte einen Arm um den Hals der kleinen Stute. Sie konnte immer noch nicht fassen, dass sie tatsächlich ihr gehörten sollte, und Mrs Black lachte.

»Wir haben es schon eine ganze Weile geplant«, antwortete sie mit einem Zwinkern. »Wir müssen uns noch etwas überlegen, was die Einstellkosten betrifft, aber Mel meinte, du kannst sie in deinen Ferien abarbeiten. Und solange die Schule nicht darunter leidet, freue ich mich für dich. Ich habe bemerkt, dass du dich wirklich verändert hast, Georgia, seit Lily in dein Leben gekommen ist.« Da bemerkte sie, dass ihre Tochter das Gesicht verzog, als sie von einem Bein auf das andere wechselte, und fasste sofort Georgias Arm. »Und jetzt komm mit«, sagte sie entschieden. »Ich denke, du hast genug für einen Tag.«

Kapitel einundzwanzig

Georgia setzte sich in ihrem Bett auf und blinzelte ins Licht, das durch ihre Vorhänge fiel. Pip, die überglücklich war, dass ihre junge Herrin wieder zu Hause war, kroch auf dem Bauch zu ihr und leckte ihr übers Gesicht.

Kichernd streichelte Georgia sie. »Tut mir leid, altes Mädchen«, sagte sie. »Heute kann ich nicht mit dir zum Stall laufen. Aber komm, sehen wir mal, ob Mum uns vielleicht hochfährt.«

Ihre Mutter war bereits auf und trank am Küchentisch einen Kaffee. Sie erklärte sich gern bereit, Georgia zu fahren. Der blaue Fleck auf Georgias Bein hatte inzwischen alle Farben des Regenbogens angenommen, aber die Schwellung ging zurück, und es fühlte sich insgesamt schon viel besser an. Dennoch konnte Georgia nicht wie sonst mit dem Fahrrad fahren. Daniel hatte ihr, als sie am Vorabend zu Hause angekommen war, eine Nachricht geschickt und versprochen, sie heute zu sehen, aber sie war zu erschöpft gewesen, um zu antworten.

Fröhliches Wiehern empfing Georgia, als sie an diesem Morgen durch das Hoftor humpelte. Der Sonnenschein brachte die letzten Überreste des morgendlichen Frosts zum Schmelzen, und Narzissen schoben sich bereits durch die Erde der kahlen Blumenbeete, die den kleinen Hof umgaben. Redgrove hatte nie hübscher ausgesehen. Und was am besten war: Lily, ihr ganz eigenes Pony, wartete im Stall! Georgia lächelte überglücklich. Es würde eine Weile dauern, bis sie sich an den Gedanken gewöhnt hatte, dass sie wirklich und wahrhaftig die Besitzerin ihres geliebten Ponys war!

Im ersten Moment merkte sie gar nicht, dass ein Pony in der Reihe fehlte. Wilsons freundliches Gesicht blickte nicht, wie üblich, über seine Stalltür, und Georgia erschrak. Doch da erschien Will neben ihr und versicherte ihr, dass mit Wilson alles in Ordnung war.

»Komm und schau ihn dir an, Georgia. Er ist auf der Außenarena!« Will hakte sich bei ihr ein und lenkte Georgia zu dem kleinen mit Holzspänen ausgekleideten Platz, wo Will und sie immer ihre Bodenarbeit trainierten.

Leicht irritiert folgte Georgia ihm. Warum funkelten Wills Augen, als hätte er irgendeinen Unsinn im Sinn? Als sie die Scheunenecke umrundete, schirmte sie mit einer Hand ihre Augen gegen den hellen Sonnenschein ab und musste dennoch zweimal hinsehen. Mel stand in der Mitte der Arena, eine Longierleine in den Händen, und Wilson trottete gehorsam im Zirkel. Die Gestalt, die den braven Braunen ritt, kam ihr bekannt vor. Der Reiter konzentrierte sich sehr, auch wenn er noch etwas unsicher wirkte und sich gelegentlich am Halsriemen festhielt. Doch Ross und Reiter sahen insgesamt gar nicht so schlecht zusammen aus. Es war Daniel!

»Was ist denn ...« Georgia rieb sich noch einmal die Augen, unsicher, ob sie wirklich richtig sah. Da brachte Mel Wilson lächelnd zum Halt.

Daniel tätschelte den großen Braunen am Hals, schwang sich dann problemlos aus dem Sattel und lief zu Georgia hinüber, um sie zu umarmen.

»Was ist denn hier los?«, fragte Georgia völlig verblüfft.

»Das ist es, was ich die ganze Woche gemacht habe!« Daniel grinste, einen Arm immer noch um Georgia gelegt, und gab ihr einen Kuss auf die Stirn. »Ich dachte, wenn ich gegen die Ponys schon keine Chance habe, dann mach ich eben einfach mit!«

Ein Lächeln breitete sich langsam auf Georgias Gesicht aus, als Daniel erklärte, wie alle ihm geholfen hatten – Will, Sophie, Mel und Emma. Er hatte jeden Tag Unterricht gehabt, um Georgia am Ende der Woche überraschen zu können. Jede Minute, die er nicht auf der Farm gebraucht worden war, hatte er geübt, und Mel hatte ihm auch beigebracht, welche Arbeiten rund um die Versorgung der Ponys nötig waren. »Nur, dass keiner daran dachte, sich dir gegenüber mit den anderen abzustimmen. Daran hätten wir denken sollen!« Daniel lachte, und Georgia nickte langsam. Sie war verlegen, auch wenn jetzt alles einen Sinn ergab.

»Ich habe mir solche Sorgen gemacht!«, stieß sie hervor, bevor sie noch groß nachdenken konnte. »Ich dachte … ich dachte …«, stammelte sie und suchte nach den richtigen Worten.

»Du hast gedacht, ich hätte genug von dir«, vermutete Daniel verständnisvoll und lächelte sein typisches fröhliches Lächeln. »Da hast du dich aber gewaltig getäuscht, Georgia. Ganz im Gegenteil: Jetzt können wir im Sommer zusammen reiten, wenn ich meinem Vater nicht auf der Farm helfen muss. Du kannst mir zum Beispiel beibringen, wie du das Pony diese komischen langen Schritte machen lässt!«

»Das nennt man starken Trab!« Georgia lachte. »Und das fände ich wirklich so toll«, fügte sie schüchtern hinzu. Sie konnte kaum glauben, dass Daniel insgeheim reiten gelernt hatte, damit er mehr Zeit mit ihr verbringen konnte. Das ganze Leben war im Augenblick voller Überraschungen. Ihr Herz machte einen Sprung. Man musste sich mal vorstellen, dass sie sich das ganze Camp über völlig umsonst Gedanken gemacht hatte!

Die beiden lächelten einander an, und Georgia wurde rot, als sie bemerkte, dass Melanie ihr zuzwinkerte. Nicht in einer Million Jahren hätte sie das erwartet, und doch schien es genau richtig zu sein.

Einige Wochen später kehrten Daniel und Georgia zusammen von ihrem gemeinsamen Ausritt entlang ruhiger Feldwege nach Redgrove zurück. Es war ein warmer Tag im März, und Narzissen und Primeln säumten die Wegesränder – willkommene Farbtupfer nach einem kalten Winter. Beide Ponys waren in bester Verfassung. Daniel erwies sich im Sattel als Naturtalent, denn durch seine Tierliebe war er auch stets entspannt und rücksichtsvoll. Gerade war er zum ersten Mal im Galopp über die Wiesen oberhalb von Redgrove geritten. Er grinste immer noch von einem Ohr zum anderen und erklärte, das sei der beste Adrenalinkick, den er je gehabt habe.

Als sie nun ohne große Eile zum Hof zurückkehrten, ging Georgia wieder einmal durch den Kopf, wie glücklich sie mit ihrer Entscheidung war, Lily nicht noch für größere Ziele zu trainieren. Es gab ein paar kleine Wettbewerbe, für die sie angemeldet waren, aber nicht zu viele. Janey, die Georgia den Rückzug von der Auswahlriege nicht übelgenommen hatte, hatte Lily sofort für die Dressur-Mannschaft des Ponyclubs eingetragen.

Georgia übte bereits für ein Turnier des Ponyclubs, das in ein paar Wochen stattfinden sollte. Sie blieb in Kontakt mit Jodie, die Jackson nach Rosefolly verlegt hatte, jetzt, da sie ein Stipendium für ihre Ausbildung hatte. Ihre erste Teilnahme als Mitglied der Jugendmannschaft im Dressurreiten war ein riesiger Erfolg gewesen, und sie hatte auf Jackson Silber in der Einzelbewertung bekommen.

Henry Winters war von den Eigentümern von Rosefolly entlassen worden, sobald diese von ihrer Australienreise zurückgekehrt waren. Er stand gegenwärtig im Mittelpunkt einer umfassenden Untersuchung, über die auch in den einschlägigen Fachzeitschriften berichtet wurde. Das Intrigenspiel von ihm und Michael Van der Hawk war bei allen Reitveranstaltungen das Hauptgesprächsthema. Georgia tat Serena, die ohne ihren heiß ersehnten Platz in der Mannschaft hatte zurückkehren müssen, fast ein wenig leid. Sie war zwar richtig gemein gewesen, aber Georgia fragte sich, unter welchem Druck Serena wohl gestanden haben musste, um sich so hinterhältig zu verhalten. Sie hatte keine Zweifel, dass Serena irgendwann in der Zukunft wiederauftauchen würde – sie war einfach dieser Typ von Mädchen.

Dennoch, was auch geschah, Georgia hätte Lily stets an ihrer Seite. Lachend beugte Georgia sich nun vor und umarmte die treue goldfarbene Stute. Sie konnte immer noch nicht ganz fassen, dass Lily tatsächlich ihr gehören sollte, selbst als sie ihren eigenen Namen schwarz auf weiß im Pferdepass gesehen hatte, der mit dieser Änderung zu ihr geschickt worden war. Georgia erinnerte sich daran, was sie damals im Trainingscamp zu Jodie gesagt hatte: Mit Lily zusammen zu sein war ihr Traum gewesen, und jetzt war er tatsächlich wahr geworden. Melanie hatte recht gehabt. Das Palomino-Pony hatte schon von Anfang an zu ihr gehört. Und so blieb es jetzt auch für immer und ewig.